著
四葉タト
Yotsuba Yuto
画
春野薫久
Haruno Taku
～大うつけが勝手に天下統一しようとして困ってます～
織田信長に
憑依される
ひょうい
JN061673

人物紹介
ヒラリばあや
常識人で頭が固い、
リーシャの乳母で
専属教育係。
織田信長
言わずと知れた戦国武将。
異常なまでの合理主義で、
女の体になっている
ことを受け入れ面白がる。
リーシャ・オデッセイ
オデッセイ家の次期当主で、辺境伯令嬢。
草木を愛でることが趣味の、口下手で
臆病な少女。とある事件をきっかけに
織田信長と身体を共有することになる。

ユウリ・エヴァー・ウィステリア
思い込みが激しい面がある、
甘いマスクの第二皇子。
オクタヴィアと一緒にリーシャを
断罪する。
ウェバル
リーシャの前に現れた
謎の剣士。信長が憑依した
リーシャと親しくなる。
とある秘密を抱えている。
オクタヴィア・トキア
トキア伯爵家の令嬢。薔薇のヴァルキュリアの
二つ名を持つ、才色兼備の少女。

目次

Akuyaku reijo ha
oda nobunaga ni
hyoui sareru

悪役令嬢は織田信長に憑依される
ー大うつけが勝手に天下統一しようとして困ってますー

四葉夕ト

〔イラスト〕 春野薫久

プロローグ　燃え盛る炎の中で

「君はオクタヴィア嬢に悪質ないたずらをしているな？」

そんなことを言われたのは、私が皇立学院の二年生になってから約半年が経った、パーティー会場での出来事だった。

「……え？　私……です……か？」

「君以外に誰がいるんだ、リーシャ・オデッセイ辺境伯令嬢」

私は人が集まる場所がどうにも苦手で、早く終わってほしいと願いながら、パーティー会場の壁際でひっそりと息を殺していた。

それなのに、わざわざ私を探し出して根も葉もないことを言ってくるとは、この方たちは中々に怒っているらしい。

いたずらも何も、私は人と話すことや関わるのが苦手なので、そんな大それたことはしないというか、できないというか……。

パーティー会場の参加者である学院生たちが、こちらに注目している。

大勢に見られていると思うと、お腹の下あたりがきゅっとなって、変な汗が額からじわりと出てきた。

長い前髪の間からそっと前を見ると、皇族の第二皇子であらせられるユウリ・エヴァー・ウィステリア殿下がこちらを見下ろしていた。

年齢は十六歳。

輝くような黄金の髪に、甘いマスク、碧い瞳。

やや垂れ目なのが、ご令嬢たちからは可愛くて素敵、という評価を得ているらしく、甘やかして差し上げたくなるそうだ。

確かに、恋愛小説に出てくるようなイケメンな殿下だから、人気のほども窺える。

でも、イケメンすぎて私にはただのプレッシャーにしかならない。あと、皇族というのもいけない。緊張する。ああ、お腹が痛くなってきた……。お昼に食べた野草の天ぷらがよくなかったかもしれない。美味しくてつい食べすぎてしまった。右手をお腹に当ててると、ぎゅるぎゅると鳴っている。

「何か言ったらどうだ、リーシャ・オデッセイ」

「……」

「黙っているということは、己の非を認めるのだな？」

いえ、人と話すのが苦手なんです。

心の中では言えるんだけど、いざ言おうとすると言えないんです。

できるなら壁を隔てて（へだ）ですね、文書でのやり取りを……。

「彼女を見て、良心が痛まないのか？」

ユウリ殿下がそう言うと、後ろから一人のご令嬢が出てきた。

「ごきげんよう……リーシャ嬢……」

伏目がちにこちらを見てきたのは、オクタヴィア・トキア嬢だった。

オクタヴィア嬢は今をときめくトキア伯爵家のご令嬢で、品行方正、正義感が強く、誰にでも優しいと評判の人物だ。

艶（つや）やかな真紅の髪を流行りの髪留めで結い上げ、メリハリのある身体を引き立たせるXラインの赤いドレスを着ている。

その美貌は学院のご令嬢で右に出る者はいないと言われていて、凛々しく、見目麗しいため、神話に出てくる神を守りし女性騎士に例えて、薔薇のヴァルキュリアという通り名があるほどだ。

彼女はトキア家の次期当主になることが決定している。

女性が家を継ぐことは最近ではよくあることだ。

それもあって、学院での彼女の人気は高い。

「ユウリ殿下、やはりやめましょう。私は気にしていませんから……」

オクタヴィア嬢がぽつりと言った。

いつもの自信に満ち溢れた表情はなく、綺麗な眉は下がり、悲哀にあふれている。

彼女の腕には痛々しく包帯が巻かれていた。

何が起きたのか誰か説明してほしい。

私はまったく知らないんだけど。

「ああ、オクタヴィア嬢。そんな顔をしないでくれたまえ。君がリーシャ嬢に気をつかう必要などないんだ。悪いのはリーシャ嬢なのだから」

ユウリ殿下の言葉にパーティー会場がざわつく。

ちょっと待ってちょっと待って。

完全に私が悪者な雰囲気になってるけど……どゆこと??

「リーシャ嬢に問う」

ユウリ殿下がきりりと目元を引き締めて、こちらを見た。

「なぜオクタヴィア嬢を階段から突き落とした？」

「………？」

はい？

そんなことしてないんですが……。

オクタヴィア嬢を突き飛ばしたら、間違いなく学院中から非難の目で見られる。彼女を突き飛ばして、一体私に何の得があるのか理解できないよ。

「パーティーの前に彼女を突き飛ばしたそうじゃないか。オクタヴィア嬢は見たと言っている。君が立ち去る姿をね」

ユウリ殿下が得意げに言った。

パーティーの前はずっと植物園にいたのでアリバイがあります。私じゃありません。

「リーシャ嬢。どうなんだ？　君がやったんだろう？」

「……いえ……あの……」

「何か言いたまえ！　それでも辺境伯令嬢か！」

「………」

話せと言われると余計に喉が詰まってしまう。

あとで文書でお送りするのはダメでしょうか……？

「沈黙か。では、君がやったということでいいな？」

「……ッ！」

咄嗟に私は首を振った。

ぶんぶんと思い切り横に振る。

「殿下、もうおやめください。私はいいのです。何かの間違いかもしれません」

オクタヴィア嬢がやんわりとユウリ殿下の腕に触れる。

殿下は少し顔を赤らめ、大げさにため息をついた。

「オクタヴィア嬢、君は優しすぎる。ここで不問にしてしまっては、また君が狙われるかもしれないんだぞ？　君はトキア家の次期当主だ。命を狙われるには十分な理由がある」

「ですが……リーシャ嬢はたまたまぶつかってしまっただけかもしれません……」

「たまたま？　それならば、すぐに医者を呼ぶべきだろう？　君を突き飛ばして逃げた。そう考えるのが妥当じゃないか？　それに、教科書を隠されたり、ドレスを汚されたりもしたのだろう？」

「それは……」

オクタヴィア嬢がユウリ殿下の腕に触れたまま、顔を伏せた。

お二人が謎の会話を展開しているけど、それ、本当に私じゃないです……。

階段から突き落とした記憶はないし、教科書隠したりしてないし、ドレスを汚すなんて、そんな……めっそうもない……。

「聞けばこのリーシャ・オデッセイは普段から誰ともしゃべらず、目も合わせず、草木をずっといじっているらしいではないか。何を考えているのかわからない人間ほど、突飛な行動をする。おそらく、君の美貌に嫉妬したのだろうさ」

ユウリ殿下が名推理だと言わんばかりに胸を張った。

「まったく……美しすぎるのも罪だよ、オクタヴィア嬢」

ふっ、と笑って、ユウリ殿下が自分の髪をかきあげた。

とんだ間違いだよ。

あと、人を断罪しながら女を口説くのはやめてください。

「そんなこと……」

オクタヴィア嬢が満更でもないと頬に手を当てる。

二人だけの空間ができあがる。

いや、よそでやってくれませんかね。こちらはただでさえ人目にさらされて緊張でお腹が痛いんです。ぎゅるぎゅるがすごいんです……。

今もパーティー会場にいる人たちから「辺境伯令嬢、ひどいわ」とか「あの根暗な令嬢はいつかやると思ってた」とか、陰口が聞こえてきて……お腹痛い。

「第二皇子であるユウリ・エヴァー・ウィステリアが命じる。学院の規定に従い、リーシャ・オデッセイ辺境伯令嬢は丸一日、馬小屋に謹慎とする！」

ユウリ殿下が宣言すると、せせら笑うような声がパーティー会場に響く。

最悪だ……。

馬小屋での謹慎とか、規則の中で最大級の屈辱的罰則だよ。

領地にいるお父さんが聞いたら悲しむに違いない……。

お母さんは間違いなく怒髪天を衝く。

濡れ衣を着せられ、こんなことになるなんて納得がいかない。

「オクタヴィア嬢に感謝するがいい！　本来ならば罪に問われるところだ！」

「……」

ユウリ殿下が大喝（だいかつ）すると、パーティー会場から拍手が上がった。

オクタヴィア嬢とユウリ殿下を褒め称える声が響く。

「連れていけ！」

学院を護衛している騎士たちがやってきて、私の腕をつかんだ。

なんでこんなことに……。

抵抗しようとしたけど、私の力では無理だ。

パーティー会場から出る瞬間、ちらりとオクタヴィア嬢を見ると、彼女は顔を伏せていた。

誰にやられたのかわからないけど、私ではない。彼女ならあとで話せばわかってくれるはずだ。

オクタヴィア嬢は正義感が強くて優しいと学院で評判のご令嬢だ。

きっと、間違いを正してくれるに違いない。

「……え？」

オクタヴィア嬢の口元が薄っすらと上がっているのが見えた。

笑ってる？

まさか……私、陥れられた？

「あ、あの……！」

足を止めて、彼女に声をかけようとする。

「殿下のご命令です。足を止めないでください」

騎士に言われ、強引に引きずられる。
私はパーティードレス姿のまま、学院の隅にある小さな馬小屋に放り込まれた。

◯

小さな馬小屋の隅には藁（わら）が積まれていた。
土の匂いがする。
馬はいないみたいだ。
嫌いじゃない。むしろ、皇立学院の中よりも快適なぐらいだ。
やっぱり一人が楽だ。人がたくさんいるところは息が詰まるよ。
藁で即席のベッドを作り、ぽふりと横になった。
「……はぁ……」
オクタヴィア嬢、あれは絶対に笑っていた。
私を最初から陥れるつもりだったのだろうか？
だとすると、なぜだろう。
彼女のトキア家と私のオデッセイ家は、山脈を挟んで隣同士だ。

家同士の仲は決して悪くなかったと思う。

「領地拡大の噂……」

私の実家、オデッセイ家は肥沃な大地が広がる領地を持っているけど、未開拓地が多い。

対するトキア家はエゴマ油の産地であり、莫大な富を持っている。

その高品質な油は燃料や灯りとして使われ、この地になくてはならない存在だ。

お金があるから、兵も多い。

近頃のトキア家は近隣に攻め入っているらしく、徐々にその領地を増やしている。

「……辺境伯領……オデッセイ家が狙われている？」

山を越えてうちに攻めてくるなんて、あり得るだろうか？

肥沃な大地を羨ましがる人たちも多いけど、うちは有害獣なんかも多い。管理がひどく難しい土地だ。

オクタヴィア嬢の顔を思い出すと、胸がもやもやとしてくる。

明日、本人に確かめないと……。

直接話すのは無理だから、文書で。

どんなことを書こうかと考えていると、馬小屋の小さな窓から声が響いた。

「リーシャ嬢、いますか？」

「……！」

私は藁のベッドから跳ね起きた。

オクタヴィア嬢の声だ。

小窓に近づくと、オクタヴィア嬢の美しい顔がそこにあった。

月を背にしているせいで、美しくて残酷な吸血鬼のように見えてしまい、背筋がぞくりとした。

彼女は何を言うわけでもなく、余裕の笑みを浮かべて包帯の巻かれた腕を見せてきた。

いきなり馬小屋に来るなんて……ひょっとして、私の無実を証明しにきてくれた？

それなら、なんとか頑張ってオクタヴィア嬢に私のアリバイを伝えないと。

パーティーの前はずっと植物園にいた。

そう言えばいいだけだ。

「……ぁ……」

「ご覧なさい」

私の小さな声はオクタヴィア嬢にさえぎられた。

彼女はなぜか、軽やかな手付きで包帯を解いていく。

白い腕が徐々に月に照らされる。

包帯を取った腕には、傷一つなかった。

誰かに突き落とされて怪我をしたんじゃないの？

「……どういう……こと……ですか？」

「あら、しゃべれるのね、あなた」

オクタヴィア嬢が見世物小屋の珍獣を見るような目をこちらに向けた。

普段、教室で見るキラキラした目と違いすぎて、違和感が半端じゃない。

誠実であるいつもの様子は鳴りを潜め、傲慢な顔つきをしている。

これがオクタヴィア嬢の本性？　ちょっと理解が追いつかない。

「申し訳ないけれど、あなたにはこれから私の引き立て役になってもらうわ。辺境伯領もいずれ私がもらうのだから、あなたの評判を操作しても誰も文句は言わないでしょう？」

「……」

「自分の領地が狙われているというのに、何も言えないのね。やはり話せないのかしら？」

オクタヴィア嬢がくすくすと笑うと、その背後で笑い声が響いた。

彼女に付き従っている男女の従士だ。

「私は健気（けなげ）なご令嬢。あなたは悪役……」

オクタヴィア嬢はそこまで言って、自分の言葉に満足したのか、「悪役。うん、我ながら素晴らしい名付けだわ」と、何度かうなずいた。

「そう、あなたは――悪役令嬢よ。誰ともしゃべらず、目も合わせないあなたにはお似合いだわ。学院生活が終わるまであと半年。悪役令嬢として機能してちょうだいね」

誰もが見惚れてしまう微笑みを浮かべると、オクタヴィア嬢は「ごきげんよう」と言って背を向けた。

私は感情のままに小窓をつかんだ。

「……ッ！」

何を言えばいいかわからず、ただ彼女の背を見つめる。

すると、オクタヴィア嬢に付き従っている男女二人組が、遮るように窓へ顔を近づけた。

「気安くお嬢様を見るなよ。根暗女」

体格のいい短髪の青年が言うと、隣にいた糸目顔の女子が鼻にシワを寄せて私を睨んだ。

「あんたさぁ……私たちが話しかけてあげてるのにずっと無視してきたでしょ？　オクタヴィアお嬢様のご温情をわかってないとか、許せないんですけど」

そういえば、学院で何度か話しかけられたような気もしたけど、頭を下げて拒否した。

なんというか、この二人、苦手だ。

二人とも男爵家の子で、オクタヴィア嬢の従士をしている。

確か……名前は短髪がビル・ストランドボードで、糸目顔の女子がポロミ・カルキュレータだったと思う。

オクタヴィア嬢といるときは善人っぽい顔をしているけど、私を見る目はどこか見下しているのが何となくわかる。

教授や皇族の前だと、いかにも誠実そうな従士の顔をするからタチが悪い。

「まあ、話しかけていたのは仲良くなってあんたを利用するためだったから、別にどうでもいいんだけど。せいぜい悪役令嬢として頑張ってくださ～い」

糸目女子は私を見つめ、肩をすくめた。

「何もしゃべんないね」

「ま、いいじゃねえか。どうせこいつの領地は俺たちがいただくんだ」

ビルがとんでもないことを言った。

そういえば、さっきオクタヴィア嬢も似たようなことを言っていた。

辺境伯領はいずれ私がもらうとかなんとか……。

トキア家はうちに攻め込んでくるつもりなのだろうか。

もしそうなったら……どうすればいいんだろう……。

「ねえビル、こいつがしゃべってるところ、見てみたくない？」

意地の悪そうな糸目女子が、歯を見せて、きしきしとおかしな笑いをしてビルを見た。

「なんか思いついたのか？」

ビルが悪さの片棒を担ぐように顔を歪める。

「火をつけようよ」

「は？」

「……」

「ほら、そうすれば、恐怖で声を上げるでしょ？　適当なところで消せばいいし」

「おまえ…………面白いこと考えるな」

いやいやいやいや、何言ってるのこの人たち！

頭おかしいんじゃない⁉

そうこうしているうちに、糸目女子が火打ち石で手早く火種を作り、枝に火をつけ、馬小屋にくっつけるようにして置いた。

ビルが体格を活かして次々と枝を運んでくる。

ぷすぷすと音が鳴り、馬小屋が焦げ臭くなってきた。

逃げないと！

右往左往している私を見て二人が窓を覗き込み、げらげら笑っている。

性格が悪すぎる！　あの二人、人間の皮をかぶった悪魔じゃない⁉

「……消して……ください……！」

どうにか声を絞り出したけど、ビルという青年が「ええ～？　聞こえないんだけど～？」とわざとらしく手を耳に当てる。

それをみて糸目女子がケラケラと笑う。

気づけば火が轟々と燃え始め、馬小屋の四分の一が火に包まれた。

「これ消せなくね？」

「ホントだ」

呑気にそんなことを言ってる場合じゃない。

室内が異常に熱くなり、恐怖と混乱で額から汗がほとばしる。

逃げようとするけど馬小屋には小窓と入り口のドアしかない。

「……開けて……！」

鍵の締められたドアを叩くも、二人は聞く耳を持ってくれない。

ギリギリまで私を逃さないつもりだ。

「……ッ……ッ」

歯を食いしばる。

人生で初めて感じる怒りの感情に、身体がさらに熱くなった。

逃げられず、燃やされる。

どこかで感じた怒りと絶望に目の前がぐるぐると回転して、ひどい頭痛がした。

頭を岩で殴られたような痛み。

痛い！　熱い！

炎から逃れるため馬小屋の隅まで逃げて、頭を抱えてうずくまった。

知らない。こんなの知らない。

感情が、爆発しそうだ……！

チカチカと目の前が明滅したかと思うと、知らない光景が脳裏に浮かんだ。

火が燃え広がるどこかの屋敷で、不思議な形をした甲冑を着た兵士たちが、室内を走り回っている。

誰かが言った。

――燃える。本能寺が燃える。

ホンノウジ？

私の見ていた光景のソレは、どす黒い怒りを胸に秘したまま、目を閉じた。見えていた光景も真っ黒になった。

ソレと私の感情が一つに重なったような、奇妙な感覚が背筋を走った。

背骨に誰かの手が入ってきたような不気味な感触がして、それが一瞬で消えると、割れそうなほどだった頭痛が綺麗さっぱり消え去った。

目を開けると、私は馬小屋にいた。

身体がふわふわとしている。

よかった。まだ生きてる……。

すると、なぜか勝手に私の身体が動き出した。

「また燃やされてたまるかッ！！！」

なぜかわからないけど、私が叫んでいる。

え？ あれ？ 身体が勝手に動いてるんですけど……。

「うぬら、許さん！ 許さんぞ！」

私が叫んだのかと疑いたくなるような大音声に、窓から覗いてへらへらと笑っていたビルと糸目女子が、びくりと身体を震わせた。

私は素早くドアへ向かうと、スカートをからげて思い切りドアに蹴りを入れた。

足がしびれる。痛い。

構わず何度か蹴りを食らわすと、ドカンと音がしてドアノブが吹っ飛び、馬小屋のドアが開いた。

外の空気が入ってきて、馬小屋が一気に燃え上がる。

私の身体は自分のものとは思えないほどの速さで馬小屋から滑り出て、呆然としているビルと糸目女子を睨みつけた。

どうなっちゃってるの⁉ 私の身体、勝手に動くんですけど……！

「唐変木(とうへんぼく)！ そのかぼちゃ顔を粉々にしてくれるッ！」

こともあろうに、私はビルに躍りかかった。

ちょっと！　あああああっ！　待って！

ビルは騎馬隊を率いる武将の息子だよ！　絶対に勝てないって！

やめてえぇぇぇぇぇぇ！

「この女（アマ）……！」

体格のいいビルが腰を落とし、丸太のような腕で殴りかかってきた。

ひいいいいいいいいっ！

目をつぶろうにも、身体が勝手に動いているから目の前の光景がくっきりと見えている。

ダメだと思った瞬間、私は軽やかにビルの拳をよけ、腕を鞭のように素早く動かし、ビルのベルトを右手でつかんだ。

「ふぬっ！」

身体を引き寄せると同時に体重を移動させ、ビルを思い切り投げ飛ばした。

嘘でしょ……⁉

ズシャアと砂を巻き上げてビルが顔から地面に突っ込んだ。

「え……」

糸目女子がまさかの光景に啞然としている。

私も同じ気持ちだよ……。

と、そんな感傷に浸る間もなく、私はビルの顔に足を乗せ、ぐりぐりとひねって、彼の顔を地面に擦り付け始めた。

「上手投げじゃ！　相撲も知らぬかぼちゃ小僧めが図に乗るな！」

「いだだだだっ」

「ははははっ！　いい気味だ！　うぬのかぼちゃ顔に斑点模様が付くぞ！　ありがたく思えい！」

えええええっ！　ちょっと何やってるの私！

やめて、やめて！

それ以上はやめて！

必死に叫ぶと、私が「頭の中でうるさいのう」とつぶやき、渋々といった動作でビルの後頭部から足を離した。

よかった……。

いや、いいわけがない。

これ……完全に身体を乗っ取られてるね……。

ビルが起き上がって殴ってきたけど、また投げ飛ばしてるし……。

「でかぶつを投げ飛ばすのは爽快じゃ」

もう全然私の性格じゃないよね。かけ離れているよね。

お父さんお母さん。リーシャは男の人をぶん投げる人格になってしまいました。ご容赦ください……。ああ、馬小屋の火が目にしみるよ……。

何度かビルを投げ飛ばすと、学院の宿舎の方角が騒がしくなってきた。

どうやら馬小屋の火災に気づいたようで、騎士たちが消火に向かってきている。

「ビル、逃げるよ！」

糸目女子がビルの腕を引いた。

ビルは私を射殺すように睨んできたが、舌打ちをして走り去っていく。

彼の頬は砂利のある地面で踏まれたせいで赤い斑点模様ができていた。あとで謝っても絶対許してくれないよ、あれ。

そんなことを考えていたら、身体がぐらついた。

「うっ……おかしな光景が浮かぶ……これは、記憶か……。リーシャ……おぬしの名前はリーシャか……」

身体を乗っ取った何かが、私の名前を言いながら、頭を押さえて地面に膝をついた。

「……終わりか。つまらん」

ぽつりとつぶやくと地面に倒れた。

馬小屋が轟々と燃え、周囲を明るく照らしている。

頬に熱さを感じながら、私は意識を手放した。

第一章　天下統一

目が覚めると自室のベッドの上だった。

カーテンの隙間からはやわらかい朝日が細く差し込んでいる。

そうか……昨日の出来事は夢だったのか。

まったく。悪い夢だったよ。夢喰いの出てくる童話のほうが、よほどマシな内容だ。

『夢でないぞ』

「ひっ」

だ、誰？

いま声がしたよね？

起き上がって見回してみる。部屋には誰もいない。

『はよう気づけ。おぬしの中におるのじゃ。身体をよこせ』

「わ、私の……中に……」

気が動転してぺたぺたと自分の身体を触ってみる。

ネグリジェをめくってみたけど、平たいお腹があるだけだった。

『生き返ったかと思うたのに面白くない』

生き返った？　昨日私の身体を勝手に動かしたのはあなたなの？

『そうに決まっておろう。ああ、儂はおぬしの記憶をすべて見たぞ。暇じゃったからな。幼子の頃の記憶もすべてじゃ』

記憶すべてって……とてつもなく怖いんですけど……。

『助けてやったのに失礼なやつじゃな』

確かに助けてもらったけど、でも……ええええっ？

立ち上がって全身鏡で自分の身体を検分する。

うん。いつも通りの顔に、身体だ。何も変わったところはない。

『儂は本能寺で死んで、おぬしの身体に憑依したらしい』

ホンノウジって？　そういえば昨日も誰かがそんなことを言ってたような気がする。

『光秀が裏切って儂を燃やしよった。あのきんかん頭、脳天を叩き割ってやりたいわ』

全然話が見えてこないんですけど……。

『面倒じゃが説明してやる。聞け』

あ、はい。

私の脳内にいるノブナガという人が話し始めた。

要約すると、ノブナガは大きな国の領主で、もう少しで天下統一ができるほどの権力者だったらしい。

順調に支配は進んでいたけど、ミツヒデという輩に裏切られて燃やされ、気づいたら精神だけが私の中に入っていたそうだ。

いや……そんなことある？

なんでよりによって私の中に入ってしまったんだろうか。

昨日の行動を思い出すだけで胃がキリキリとしてくる。

オクタヴィア嬢の家臣であるビルを〝スモウの上手投げ〟などという技でぶん投げ、顔を踏んづけて結構な力で地面にこすりつけてしまうとか……。

夢であってほしかったよ。

『ええい、ごちゃごちゃとうるさい！』

ひいっ！

脳内で大きな声を出さないでください。

心臓が止まるかと思った。

『おぬしの地味な人生を見て飽き飽きしていたところよ。来る日も来る日も土いじりばかりしおって、中に入っているこの儂の気持ちにもなれ』

地味ですみません……。

でも、人の記憶を勝手に見て文句を言わないでほしい。

『このままではまずいことになるとわからんのか？』

まずい？　どういうこと？

『オクタヴィアとか言うあの性悪女、おぬしの評判をとことん落とすつもりぞ』

ああっ、ノブナガのせいで忘れてたけど、悪役にするとかなんとか宣言されてしまったんだ。パーティー会場で悪者に仕立て上げられてしまったから、今後の学院生活はきっと……周囲から冷たい目を向けられそうだ……。

考えたくない。

「……寝よう」

現実逃避のためにふとんをかぶると、ノブナガが大喝した。

『寝るなら身体をよこせ！　儂がおぬしをやってやる！』

だから、頭の中で大声を出さないで！

びっくりして心臓止まっちゃうから。

『おぬしは度胸というものが足りん。儂に身体を預けよ。さすれば良きに計らってやる。ありがたく思え』

いやいや、とんでもない。

ノブナガに渡したら、またレディらしからぬ行動をするでしょ？

『おぬしがれでぃとは聞いてあきれるわ。身体をいただいたら、この鬱陶(うっとう)しい前髪を手始めに切ってくれる』

ぎゃあぎゃあとノブナガが騒ぎ始めたけど、私は現実逃避したいんです。

心を無にして目をつぶる。

燦々(さんさん)と差し込む朝日が温かい。

このままずっと寝て過ごせたらどれだけ幸せだろうか。

「リーシャお嬢様。朝でございます。起きてくださいませ」

しわがれた声が響き、ドアがノックされた。

聞き慣れた頑固そうな物言いに、私は仕方なくベッドから起き上がってドアを開けた。

『ヒラリばあさんか』

ノブナガがつぶやくと同時に、私の教育係兼メイドである、ヒラリばあやが恭しく一礼した。

ヒラリばあやが顔を上げると、その深い皺の刻まれた四角い顔と、ひっつめた白髪が目に入った。いつ見ても頑固そうな顔つきだ。

実際、頑固ばあさんだ。優しいけどね。

「リーシャお嬢様、おはようございます」

「おはよう」

「お嬢様、体調はいかがですか？」

「あ、うん、大丈夫……」

「昨日、なぜ謹慎になったのか、なぜ馬小屋が燃えたのか、聞きたいことが山ほどございます」

ヒラリばあやが目をすがめる。

「あはは……そうだよね……」

「背筋！」

　急に言われ、反射的に背を伸ばした。

「口調！」

「は、はい！」

　あわてて大きな声を出すと、ヒラリばあやが何度も首を横に振った。

「はあ………辺境伯オデッセイ領の次期当主とあろうお方がなんと嘆かわしい。お嬢様は弟君が成人するまで領主になることが確定しているのですよ？　そんな態度では他の領主に舐められてしまいます。いいですか？　皇族の権威は地に落ち、世は戦乱になろうとしているのです。他領主たちの子息、子女が集まるこの学院での評価が、後の領地経営に響いてくると、ばあやはあれほど言ったではないですか」

「そ、そうかもしれないね」

「それが！　お嬢様ときたら！　毎日毎日植物園であやしげな実験ばかりして！　ばあやは！　ばあやは悲しい！」

　くううっ、と口を引き結んでヒラリばあやが泣き始めた。

　朝から耳が痛い話だ。

次期当主らしくしろと言われるけど、私には土台無理な役割だ。

領主なんて、とてもじゃないけどつとまらない。

『できないなら儂が代わりにやってやる』

ノブナガが言う。

一瞬、それもいいかなと思ってしまったけど、昨日のことを考えると何をしでかすかわからない人だ。それに、悪霊とか悪魔の類かもしれない。身体を乗っ取られる王族の話が小説にあったけど、ラストシーンは壮絶な死に方をしていた。……思い出すと背筋が震える。

『悪霊とは無礼ぞ』

はいはい。悪霊じゃないんですね。

じゃあ何なんですか。私の身体を乗っ取るくせに悪霊じゃないとか、説明してください。

『儂は織田信長じゃ』

オダノブナガ。

うん、オダノブナガね……。

というか……。

本当に誰なんですかッ⁉

さっきすんなり受け止めちゃったけどどう考えてもおかしいよね⁉

ああもう頭の中から出ていってくださいっ〜〜〜〜っ！

『儂だって出ていきたいわ！』

前でヒラリばあやが泣き、ノブナガが何かをしゃべっている。

とりあえず、私はヒラリばあやを泣き止ませてリビングへ移動した。

ちなみに、ヒラリばあやの涙は九割方、嘘泣きだ。私が涙に弱いことを知っていて、いつの間にかいつでも泣けるようになってしまったらしい。本人がこの間言ってた……。

はあ、早く植物園に行って植物たちに癒やされたい。

○

ひとまず朝食を食べ、謹慎になった理由をヒラリばあやにざっくりと説明する。

馬小屋が燃えたことはぼかしておいた。

またお小言が始まりそうだったので、急いで私服のワンピースに着替え、宿舎から出ていこうとした。

「お嬢様、こちらをお持ちくださいませ」

ヒラリばあやが朱色（しゅいろ）の紐を渡してくる。前髪を切るのがいやなら、せめて紐で結べとのことだ。これも毎日言ってくるため、形だけ受け取ってポケットに入れた。

『じいみたいにうるさいのう、あのばあさんは』

ノブナガが楽しそうに言っている。

じいって人が、ヒラリばあやと似ているらしいね。

それはさておき、この脳内にいるノブナガについて調べないといけない。

宿舎から出て、皇立学院の校舎に入る。

歴史を感じる重厚な造りの廊下を静かに歩き、大図書館に向かった。

急げ。

いずれ身体を乗っ取られるかもと想像すると、おちおち夜も眠れないよ。

『寝ている暇はない。はよう領地に帰って戦（いくさ）の準備をせい』

戦って、また物騒なことを言ってる。

『性悪女がおぬしを悪役に仕立て上げている理由がわからんのか？』

その話？

あまりピンとこないんだけど……。私が普段から地味で根暗で腹が立ったから、とか？

『はっ。あの性悪女が腹が立ったなどというくだらん理由で動いたりせんわ』

ノブナガが鼻で笑い、真剣な口調で言った。

『戦のための大義名分。それしか考えられまい』

戦の大義名分……。

私を悪役にして……ああ、そうか。

相手が悪役なら、悪を滅するという理由づけになる。

辺境伯領をもらうという彼女の発言はすべて繋がってるんだね……。

それに、オクタヴィア嬢は私を利用して自分の株を上げるつもりだ。

自分自身は悪役のいじめに耐える、健気なご令嬢という役回りをやっていると。そういうことか。

『あほうかと思ったが知恵が回るではないか、リーシャよ』

どうもありがとうございます……？

『戦の準備じゃ！　書庫に行っている暇などない！』

戦はしたくないです、はい。

そんな物騒なことできるはずがないよ。

どうにか説明をして、私が悪役じゃないってことを証明しよう。それしか方法はない。

『ふん。好かんの』

え？　何が？

『悪役大いに結構。堂々と悪を名乗れ』

いやなんでよ⁉

余計ダメでしょ！

『面白いではないか』

この人、面白いからって危ないことをしかねないよ。

これはあれだ。

一刻も早くノブナガを脳内から追い出さないと、生活の危機だ。草木に囲まれて暮らすっていう平穏な人生を送れなくなってしまう。

『くだらん人生じゃのう』

あ～～～～、頭の中がうるさい。

○

大図書館の司書室に入ると、ロマンスグレーの知的な御仁が本を読んでいた。

「リーシャ嬢、よく来たね」

「……はい」

丁寧に頭を下げて、勧められた椅子に座る。

彼はアガサ・サザンビーク。サザンビーク伯爵家のご隠居殿だ。

その昔は領地経営で辣腕を振るっていたが、今は息子に領地を預け、皇立学院の司書官をしている。

この学院で私を理解してくれている唯一の人物と言っていい。

アガサさんは持っていた本を閉じ、長い足を組み替えた。

「聞いたよ。オクタヴィア嬢を階段から突き飛ばしたらしいね」

「……ぁ」

「もちろん私は信じていないがね」

アガサさんの言葉に、心から安堵してため息が漏れた。

「それで、何か言いたいことがあって来たのだろう？」

アガサさんがスッと便箋とペンを差し出してくる。

ありがたく受け取り、聞きたいことを箇条書きにして渡した。

『ハッハッハ！　目の前におるのに文通をしておる！　やはりおぬしあほうだのう！』

脳内の誰かさんが死ぬほど笑っている。

こっちのほうが早いんだよ。

しゃべるのが苦手で、ちゃんと話せるのはヒラリばあやくらいだ。

『目の前におるのに文通！　笑えるわ！　面倒くさい。おぬし面倒くさいのう！』

ノブナガはほうっておこう。うん。

私の書いた文字をアガサさんが読み、しばし考えると、ゆっくりと顔を上げた。

「君の頭の中に男がいるのかい？」

「……はい」

「失礼」

アガサさんが立ち上がり、私の周りを一周して頭をじっと見つめた。

「見た目は特に変わりないな。そういえば……そういった文献を古文書で見たな」

アガサさんは椅子に座らず、鍵付きの本棚を解錠し、一冊の古ぼけた分厚い本を持ってきた。

「千年前の古文書だ」

彼がデスクに本を置いて広げ、ぺらぺらとめくっていく。

古ぼけたインクの匂いがした。

しばらくページをめくると、アガサさんが指を止めた。

「千年前、〝魂の同化〟という魔術が存在していたらしい」

魔術……？

そんなおとぎ話みたいなこと、現実にあったのだろうか？

「失われしムー帝国の話だ。私は信じているがね、学術研究では見向きもされないオカルト話として扱われている」

彼が肩をすくめる。

「私は君の話をとても興味深いと思う。しかし、他の人にはあまり言うべきではない。気が触れたと思われるのがオチだろうよ」

「……そうです……よね」

「あまり落ち込まないでくれたまえ。その、オダノブナガという男は君を助けてくれたのだろう？　悪霊というわけでもないさ」

『こやつ、わかっておるではないか』

アガサさんに言われ、ノブナガが悪霊でないような気がしてきた。

「また何かわかったら相談しにきたまえ。私としても大変気になる内容だ。こちらのほうでも、他に文献が残っていないか調べておこう」

「……ありがとう……ございます」

「それから、オクタヴィア嬢についても警戒しておこう。サザンビーク家はトキア家と近いからね」

その言葉に何度もうなずいておいた。

ノブナガの話が本当なら、領地の距離が近いオデッセイ家とサザンビーク家は狙われる可能性がある。

私はもう一度、アガサさんにお礼を言って、司書室から退室した。

◯

ノブナガのことはひとまず置いておくとして、悪役令嬢になってしまうことだけは何としても避けないといけない。

どうやって無実を証明すればいいのか、考えてみる。

……うん。説明するにしても、大勢の前で話さなければいけないよね。

自分にできるかわからない。

慣れているアガサさんですら、口下手の癖がかなり出てしまう。

『儂に代わればよかろう』

それはちょっと、ご勘弁願いたい。

『大丈夫じゃ。おぬしの悪いようにはせん』

とにかく次の講義に出席して、なんとかしよう。

黒板に無実である内容を板書するとか、何かしらの手段を講じればいい。

それで……いいよね？

一度部屋に戻り、ヒラリばあやにお小言を言われながら、皇国歴史書とノート、ペンを持って学院の教室に向かう。

昼前の授業を受けるため、学院生と多くすれ違うけど、皆が私を見てひそひそと何かを噂していた。

『噂は広まっているようじゃな。これは容易に消せんぞ』

ノブナガの言うことはもっともだ。

学院生が集まっているパーティー会場で、第二皇子であるユウリ殿下から「オクタヴィア嬢に悪質ないたずらをしている」と断罪され、噂が広まらないわけがない。

心臓が握りつぶされそうな居心地の悪さを感じつつ、どうにか教室の前に到着した。

教室のドアは開いたままになっており、すでに集まっていたクラスメイトが一斉に私を見た。

「……」

自分が注目される事実に冷や汗が出てくる。お腹が痛い。素早く後方の席へと移動して着席した。

喉がやけに乾いている気がする。

生まれてからずっと、ひっそりと生きてきた。

目立つのは苦手だし、草木に触れているほうが性に合っていた。

だから、こんなに大勢から見られた経験が一度もない。

『次期当主があきれるわ』

ノブナガの言うことはごもっとも。

でも、苦手なものは苦手だ。

弟が成人するまでの繋ぎとはいえ、私を領主にするのはいかがなものだろうか。

お父さんはなぜが私に領地経営の才能があると思っているみたいだし、もう色々とどうにかしたい。

ひとまず誰とも目を合わせないようにしよう。

『いつも合わせておらんだろうが』

ノブナガ、ちょっと黙ってて。

『儂に命令するつもりか？　ならばずっとしゃべってやる』

とんでもない天の邪鬼（あまのじゃく）だね。お静かにしてください。私は私のペースでいくんですからね。

うるさいノブナガは無視して教科書を開いて文字に目を落とす。

しばらくすると、聞き慣れた声が教室に響いた。

「皆様、ごきげんよう」

オクタヴィア嬢がやや元気のない口調で入ってきた。

前髪の隙間から覗くと、オクタヴィア嬢とユウリ殿下が並んで歩き、ビルと糸目女子を引き連れて、こちらに向かってくる。

オクタヴィア嬢の腕には包帯が巻かれていた。

あの腕が無傷であると知っているのは私だけか。

なんとかして身の潔白を証明したいけど、昨日の話ぶりからしてオクタヴィア嬢たちを説得するのは無理だろう。明らかに私を敵視していた。

考えているうちにオクタヴィア嬢、ユウリ殿下、ビル、糸目女子が私の席の前に立つと、ビルが大きな手を私の教科書へ置いた。

ビルの頬には大きな絆創膏（ばんそうこう）が貼られている。

「リーシャ・オデッセイ。お嬢様への狼藉（ろうぜき）、いい加減やめてもらおうか？」

ぬれぎぬを着せられて狼藉されているのは私なんですが……。

ユウリ殿下は何も言わず、オクタヴィア嬢を気遣うように寄り添っている。

すると、糸目女子が、自分のカバンから何かの燃えカスを取り出した。

「お嬢様があなたを心配して馬小屋まで行ったというのに、あなたは事もあろうに馬小屋を燃やしたわね？　令嬢としてあり得ないわ」

燃やしたのあなただよね⁉

「……そ、そんな……こと……」

「この目で見たんだから。あなたが馬小屋を燃やしているのをね」

糸目女子が勝ち誇るように言う。

とんでもないぬれぎぬだし、この人怖すぎでしょ……。

「ビル、ポロミ、もうおやめなさい。きっと何かの間違いでしょう」

オクタヴィア嬢が悲しげに首を振る。

美しい彼女が悲しげな顔をすると、近場にある花も枯れてしまいそうだ。現にクラスメイトたちが熱いため息を漏らしている。

周囲からは「オクタヴィア嬢がかわいそうだわ」とか、「オデッセイ家の長女は悪女だ」とか、そういった声が漏れていた。

ここまで悪者扱いされると胃が痛い。

ビルが私の教科書から手を離すと、ポロミと呼ばれた糸目女子が、燃えカスを私の机に置いた。

ビルとポロミは少々わざとらしく、慇懃(いんぎん)に一歩下がる。

すると、ユウリ殿下が金髪をかき上げて、主役登場と言わんばかりに口を開いた。

「馬小屋の件は普通ならば責任問題として学院に報告している。だが、オクタヴィア嬢が、報告はしないでおきましょうと私に言ってきたのだ。この意味がわかるか、リーシャ・オデッセイ」

「……」

「まだだんまりか？　この二人の報告によれば、罵詈雑言を大声で叫んだらしいではないか」

それは私じゃありません。ノブナガです。

「君はオクタヴィア嬢に謝罪と感謝をしろ。今すぐに」

正義執行と言い出しそうな、自分が間違っているという可能性すら考えていないユウリ殿下が、碧い瞳をこちらへ向けた。

オクタヴィア嬢は「もういいのです、殿下」と殊勝なふりをして顔を伏せる。

内心では笑っているはずだ。

『あほうな皇子の言いなりになるな。謝る必要など皆無』

ノブナガが不機嫌そうな声で言った。

『この第二皇子では性悪女は手に負えんな』

もう苦笑いしか出ないよ……。

ユウリ殿下のせいでまた噂が広まってしまう。

私は悪者。オクタヴィア嬢はその悪者を許した寛大なお嬢様。

そんな噂だ。

このままじゃまずい。どうにか説明しないといけない。

私じゃなくて、あなたの従士が馬小屋を燃やしたんでしょう?

そう一言だけ言えばいいんだ。

「……あの……」

私が言いよどんでいると、教授が教室に入ってきてしまった。

オクタヴィア嬢、ユウリ殿下、ビル、ポロミの四人はこちらを一瞥して、席へと戻っていく。

ダメだ……こんなに注目されていると声が出なくなる。

こうなったら講義中に当てられたとき、馬小屋を燃やしたのはポロミ、と黒板に書くしかない。

『おぬしにできるのか?』

ノブナガが聞いてきた。

自分の手のひらを見ると、情けなく震えていた。

……できる気がしない。

そうこうしているうちに講義は進んでいく。

今ここで否定しないと、クラスメイトが噂をあっという間に広めるだろう。

ループタイにワイシャツ姿の教授が、歴史問題を黒板に書いて、振り返った。

「二百五十年前に行われたドゥデ川の合戦では、皇国軍が寡兵にて南蛮族を打ち破った。これについて感想を述べてほしい。誰か、答えたい者はいるか？」

教授の呼びかけにオクタヴィア嬢が手を挙げた。

クラスメイトたちが期待の目を向け、教授も嬉しそうにうなずく。

「オクタヴィア・トキア嬢、発言を許そう」

「ありがとうございます」

オクタヴィア嬢が流麗な所作で頭を下げる。

「皇国軍は兵を二手に分け、半分を伏兵として川にひそませました。策は見事に的中。寡兵での勝利は合戦の華であると言えるでしょう。素晴らしい勝利ですわ」

オクタヴィア嬢の説明に、拍手が起こる。

「寡兵での勝利！　これぞ皇国の勝者たる証だ！」

隣の席に座るユウリ殿下が、自分のおかげで戦に勝ったと言わんばかりに、両手を広げてみせる。

教授が嬉しそうに手を叩き、教室の拍手はさらに大きくなった。

『寡兵が華とは笑わせてくれるわ』

ノブナガが鼻で笑う。

寡兵とは、敵よりも兵が少ないことだ。

たしかこの合戦で、皇国軍は三倍ほどの敵に勝ったらしい。

「他に発言したい者はいるか？」

教授が教室を見回す。

クラスメイトはオクタヴィア嬢のあとに発言することを遠慮して、互いに目を向けあっている。

皆がこの空気のまま次の話題へと移ることを望んでいるようだった。

ひょっとして、私が発言するチャンスはここしかないんじゃないか？

よし。挙手して、黒板に真実を書くぞ。

「他にいないか？」

教授がもう一度聞く。

……よし。挙手。挙手だ。

うん、手がぷるぷる震えて手が挙げられない。緊張で嗚咽が出そうになる。

やっぱり私には無理だ。

本当に人前が苦手なんだよ……。

『今じゃあ！！！』

ノブナガがいきなり大音声を脳内で発した。

「はひぃっ！」

思わず両手を挙げてしまい、身体が硬直する。

全員が一斉に私へ顔を向けた。

オクタヴィア嬢、ビル、ポロミの三人が何事かと目をすがめる。

教授が怪訝(けげん)な顔つきになり、「ほう、リーシャ・オデッセイ嬢か」とつぶやいて、手をこちらへと差し出した。

「君が挙手とはめずらしいこともあるのだな」

なんてことしてくれたのノブナガッ！

どどどど、どど、どど、どうしよう。

心の準備もせずに発言とか……ムリ！　胃がキリキリする。

『はっはっは！　計画通りではないか。はようあの黒い板きれにおぬしの考えを書け』

ノブナガが急かしてくる。

『はよう。はようせい』

「どうした、リーシャ・オデッセイ嬢？」

教授にも急かされてしまった。もう逃げられない。

震えながら立ち上がり、教壇へと上がる。

「…………………板書で……」

どうにかこうにか教授にだけ聞こえるように言った。

「前へ出るとはやる気があるな」

教授が感心している。違うんですと言いたい。しゃべるのが苦手だから板書なんですと、しっかりはっきり説明したい。できないけど。

チョークを手に持ち、震える手を黒板へと近づける。

なんて書けばいい？

ここで馬小屋のことを書くとか、空気が読めなすぎる。絶対みんなに批難される。

ど、どうしよう。わからなくなってきた……。

瞳が揺れて目の前の黒板がぶれて見える。

緊張のあまり頭が真っ白になる。

手からチョークがこぼれ落ちそうになる——そのときだった。

ふっと急に身体が軽くなり、背筋がまっすぐに伸びて視線の位置が若干高くなる。

自分の手が勝手にポケットに伸びて、朱色の紐を取り出し、髪を素早くポニーテールに結った。

前髪が顔の前から消えて、視界が良好になる。あれ？

「儂に代われと何度言えばわかるのじゃ」

わかる、のじゃ？

手が動かない。目も動かない。

「交代じゃ、リーシャ」

ああぁっ！　ノブナガと入れ替わっちゃったよ！

何をされるかわからないよ！

というか私の声でオッサン口調ホントやめてほしい！

交代！　すぐに交代して！

「おぬしの煮え切らん態度は見てられん。煮た芋のほうがマシじゃ」

いやいやいや、お願いだから代わってください。

大事なところだからお願いしますっ。

「代わり方がわからん」

あ……そう言われてみればそうだよ。代われ代われと言われていたけど、代わり方がわからないじゃん。なんてことだ。ちょっとでも実験しておくべきだった。

「リーシャ・オデッセイ嬢？　講義中だぞ。板書するなら早くしたまえ」

教授がやや心配した様子でこちらを見る。

「ちと考え事をしていてな。許せ」

「え？　あ、ああ、そうなのか」

急に尊大な言い方に教授が困惑してる……。

そりゃあそうだよ。これじゃ完全に別人だよ。

「それで、リーシャ・オデッセイ嬢はこの合戦を聞いてどう思ったのだ？」

ノブナガはチョークを置いて振り返った。

クラスメイトの顔がずらりと並んでいるのが見える。

ううっ、胃が、胃が痛いよ。

「伏兵で敵を打ち破るは良し。水中に身をひそめ、奇襲を成功させた兵たちは優秀であった」

「うむ。うむ。そのとおりだ。士気が低ければ伏兵の運用は失敗する」

教室内が騒然としている。

私がしゃべれることと、真っ当な発言をしたことに皆が驚いているようだ。

小さな声で「あいつしゃべれたのか」「初めて顔をまともに見た」などと囁いている。

オクタヴィア嬢とユウリ殿下も驚いているのか、少しだけ目を見開いていた。

ビルとポロミはこれが私の本性と思っているのか、憮然としている。

続けて、ノブナガがとんでもないことを言った。

「だが、寡兵が戦の華というのは、あほうの言うことじゃ」

「……な、何を言う。少ない兵で敵を打ち破る。これぞ誉れではないか」

教授が否定し、窺うようにユウリ殿下を見る。

ノブナガ……何言ってるの……。

オクタヴィア嬢がこっちを見つめてるよ。やめてくださいホントに。

ユウリ殿下が憤慨して立ち上がった。

「あほうだと！　オクタヴィア嬢の言葉を否定するか⁉　賛同した私、第二皇子も侮蔑すると捉えられる発言だぞ！」

「戦は、負けぬ戦いをすべきじゃ。寡兵での戦になった時点で領主の失策。すなわち、寡兵が戦の華という言葉はあほう。そう言ったまで」

ノブナガの言葉に教室が静まり返る。

「寡兵で勝つことの何が悪い」

「大軍に攻められるのが悪いと言っている。要は準備不足じゃ。なぜこんなこともわからんのだ」

ノブナガが小馬鹿にしたように舌打ちをし、小声で「桶狭間のような戦いなぞ命がいくらあっても足りんわ」とつぶやく。

これにはユウリ殿下が顔を真っ赤にする。

教室内の空気が張り詰める。納得している人もいれば、そうでなく、皇国の歴史を批難されたと勘違いして怒っている人もいる。

そして何より、オクタヴィア嬢は鋭く目を細め、ビル、ポロミは私を睨んでいた。

「性悪女、寡兵で戦いたいか？」

ノブナガはユウリ殿下に興味をなくしたのか、オクタヴィア嬢に質問する。

最初、何を言われたのか理解できなかったオクタヴィア嬢が、自分が性悪女と呼ばれたと気付き、眉間にしわを寄せた。

「聞いているのか、性悪女。うぬじゃ」

ノブナガがびしりとオクタヴィア嬢を指さした。

ああっ、オクタヴィア嬢にそんなこと言うなんて、もう言い逃れできないよ。どうするのこれ。

「リーシャ嬢……どういう意味ですの？」

オクタヴィア嬢は呼び方について言ったのか、ほんのわずかに唇を噛んだ。

でも、さすがなのは、表情を崩していないところだ。きっと腸（はらわた）が煮えくり返っていることだろう。昨日の態度を見る限り、自尊心がめちゃくちゃ高そうだ。私に悪役になれと宣言してくるぐらいだからね……。

「寡兵で戦いたいのかと聞いている」

「……少ない兵でも勝てる策を使えばいいでしょう」

「答えを逃げるか」

ノブナガがにやりと笑う。

もう全然私が普段する行動じゃないよ。誰ですかあなた。

オクタヴィア嬢はこれ以上構っていられないと思ったのか、悲しげに目を伏せた。

「リーシャ嬢、私が憎いのはよくわかりました……。ひどい呼び方までして楽しいですか？」

「性悪に性悪と言って何が悪い」

ノブナガの口ぶりに、ユウリ殿下が大きな声を上げた。

「オクタヴィア嬢を愚弄するとは許せん。謝罪しろ！」

ノブナガはユウリ殿下のことなど眼中にないのか無視し、教授を引っ張ってどかし、勢いよく教卓に両手を乗せた。

「聞けい者ども！　性悪女は我が領地に戦を仕掛けるつもりじゃ！」

しんと教室が静まり返る。

ノブナガはさらに続けた。

「そのためにリーシャを陥れ、大義名分を得ようとしている！　見た目は綺麗かもしれんがそやつの腹は真っ黒じゃぞ！　知恵の回らん第二皇子も色香にやられて籠絡されておる！」

誰しもがぽかんと口を開けた。

急に大義名分とか言われてもピンとこないのは仕方のないことだ。

「リーシャは無実じゃ！　性悪女が階段から落ちたとき植物園にいた！」

おおおっ。いいぞノブナガ。もっと言って。

私の身の潔白を証明して。

植物園にいたアリバイを伝えれば、わかってくれる人も出てくるはずだ。馬小屋の件も誰も証人はいないけど、私を見かけた人とかいるかもしれないし。

間違いだったと説明しよう。

でも、オクタヴィア嬢とユウリ殿下のことはこれ以上悪く言わないで。

性悪女とかいう呼び方は本気でよくない。

あとが怖いんだよ……。

今をときめくトキア家に与する名家は多い。

この学院はほとんどが貴族で構成されている。

だから、この手の表立った敵対行動は家同士の問題に直結する。

それにユウリ殿下は腐っても第二皇子だ。

兵を持たず、権威しかない皇族だとしても、その発言力は大きい。

ノブナガ、二人のことには触れず、このまま潔白を証明して。お願い。

「だが、そんなことはどうでもよい！」

そう、どうでもいい。

って……待って待って。全然どうでもよくないよ⁉

何言ってるのノブナガ！

「儂には一つ後悔がある。それは――」

ノブナガが一呼吸置いて、くわと目を見開いた。

「天下統一である！」

……………………………はい？

……………ちょっ……………何言ってるの、この人…………？

「些末（さまつ）なことに構っていられん。そこの性悪女、オクタヴィア・トキアには気をつけろ。それだけじゃ」

ノブナガはそれだけ言って、教壇から下りる。

教授とクラスメイトが信じられないものを見たような顔つきで、こちらを見ている。

気が触れたと思われているかもしれない。

ユウリ殿下は「知恵が回らんだと……」と怒り心頭なご様子。

ビルとポロミは唖然としている。

オクタヴィア嬢は無表情になっていた。美人の無表情、怖い……。

「なんじゃ。講義を続けよ」

ノブナガが放心している教授にそんなことを言い、ガラリと教室の扉を開いた。

えっ、どこに行くつもり？

「城下町を見て回るぞ。面白いものを見つけるのじゃ」

教室での出来事はもう興味がないのか、ノブナガが廊下を足早に歩く。

カツカツと私の足音が廊下に響く。

切り替え早すぎないかな？

そんなことを思うと、ノブナガが足を止めた。

「人間五十年、下天(げてん)の内をくらぶれば、夢幻(ゆめまぼろし)の如くなり――」

ノブナガが聞いたことのない詞をよどみなく口ずさんだ。

その言い方には、特別な想いが込められているような気がして、せつない気持ちになってくる。

ノブナガは何事もなかったように歩き出した。

「人生は短いぞ、リーシャ」

前世で部下に裏切られ、ホンノウジで燃やされてしまったノブナガが言うと、妙な説得力があった。

ノブナガは歩を緩めない。

その後、私が何を言っても止まってくれなかった。

ふと、廊下の途中にあった鏡を見ると、朱色の紐で髪を結んだ私の横顔が映った。

普段の自分とは違って、力強く、誇らしげだ。

なんというか……少し、理想の自分と重なって、胸が熱くなった。

「おぬしも前を向いて歩け」

前を向いて、ね……。

現実を見ろってことかな？

草木のお世話ばかりしている状況でもないってことか。

「その通り。皇国は権威と忠誠心でここまで維持されてきたようじゃ。しかし、大きな家が力を持ちすぎておる。いずれ、瓦解（がかい）する。そうなれば世は戦乱じゃ」

ヒラリばあやも言っていることだ。

「今世こそ天下統一してくれるわ！」

ハッハッハ、と私らしくない大声でノブナガが笑う。

というか今更だけど、天下統一ってなんなの⁉

よくもまあそんな大それた恥ずかしいこと言えたね！

ううっ……明日からどうするの……。

オクタヴィア嬢とは完璧に敵対したことになるし、ユウリ殿下にも無礼なことを言ってしまった。下手をすると不敬罪になりかねないよ。

「うるさいのう。黙っとれ。あとは良きに計らってやると言うておる」

ノブナガ。交代。

私と身体を交代して。

あなたじゃ私の人生がめちゃくちゃになる。

「半日以上待ったのじゃ。交代なんぞしてたまるか」

ノブナガは校舎を出ると厩舎（きゅうしゃ）へ行き、野盗（やとう）と見間違う手際のよさで馬を一頭無断で拝借して、駆け出した。

この馬、絶対高いやつだよ。あとで返さないと大変なことになる……。

このままだと、今後の学院生活がまずいものになったことだけはわかった。

ノブナガと交代する方法を一刻も早く見つけないと死活問題だ。

学院生活が終わるまであと半年、私は平穏に過ごせるのだろうか？

「馬はいいのう！」

ノブナガが華麗な手綱（たづな）さばきで笑う。

とりあえず……早く交代してください。

第二章　うつけ令嬢の噂

ノブナガが天下統一をすると宣言してしまってから早一週間。

私を見る学院生の目は、それはもう白いものになっていた。

変人を見るような視線がグサグサとね……。

前から変人扱いだったけど、今は悪感情が視線に含まれていて結構きついものがあるよ。

『他人など気にしている暇はないぞ』

ノブナガは今日も元気で、ちょっとうるさい。

『おぬしの一人語りのほうがうるさいわ。ちいともしゃべれんくせに、頭の中は多弁ときた』

皇立学院の情勢は現在、絶妙なバランスの上に成り立っていて、何かほころびが生まれれば、学院制度も廃止になりそうな気配だ。

それもそのはず、ウィステリア皇国は百五十年の長い年月を経て、兵力を持たない形を取っている。

皇国は爵位を管理し、発行する。

貴族は兵力を持ち、皇国のために活動する。

人々は皇国の権威に忠誠を誓っていた。

でもこの方法は百五十年で機能不全を起こしていた。

貴族の力が増せば増すほど、皇国の力が減るからだ。

これは、近年になって貴族たちの力が増しすぎたために起こっている事象であり、各家で独立して領地経営をせよ、という気風が国を支配し始めていた。

『いずれ皇国は家々で分裂する。そうなると、皇子らは惨めなものぞ。足利義昭（あしかがよしあき）なんぞ、儂（わし）が拾ってやらねば平民と同じ暮らしをしていただろうよ。ふむ……あの品のない顔を思い出したら腹が立ってきたわ』

ノブナガの独り言はほうっておくとして。

貴族の子息子女を皇立学院に二年間就学させる義務は、もとをたどると、貴族たちに忠誠を誓わせる意味があった。悪い言い方をすると人質みたいなものだ。

貴族たちは十四歳になった子を就学させる。

就学させない貴族は皇国に反意アリとみなされ、爵位を没収されてしまう。

権威を失った貴族は貴族ではなくなってしまう。

だから、貴族たちはどんなにお金がなくても、皇都まで子息子女を行かせて学院に通わせなければならない。かなりの負担になるんだよね、この制度。

うちのオデッセイ家も頑張って費用を捻出している。

お金がかかることもあり、学院制度を廃止せよ。

という声が強くなっていた。

わかりやすくまとめると、最近の学院では「学院制度いらなくない？　皇国の権威ってもうなくなってきてるし」という空気になっているわけだ。

『ふん。金を使わせ、各家の力を削いでおく意図もあったのだろうな。今はまったく機能していないが』

ノブナガが言うに、学院制度はもって数年らしい。

暇なときに私の記憶を見ているらしいノブナガは世情に詳しかった。

脳内を覗かれるの、普通に怖い……。

『おぬしが草ばかりいじってなければもっと詳しいわ』

でも信じられないんだよなぁ。

こんなに平和なのに、貴族たちが領地の奪い合いをするとかさ。

『おぬしの頭は花畑か』

ああ、もう、ノブナガがうるさいから静かに考えごともできない。

しばらく黙っててくれないかな?

『そう言うおぬしこそ、いつまで草いじりをしておる』

ノブナガが不満そうにつぶやいた。

そう言われても、必要なことだからね。

「よいしょ」

私は植物園の畑に生えた雑草を、ぶちぶちと手で引き抜いた。

振り返ると、広大な畑が目に映る。

そこには大切に栽培した植物が色とりどりの花を咲かせ、虹のような景色を作っていた。草と土の匂いが私を落ち着かせる。やっぱり植物はいいよね。余計なことを言わないし。

取った雑草を背負っているかごに投げ入れる。

慣れたものだ。

うん。雑草を引き抜いたおかげで畑が綺麗になると、ちょっとした快感を覚えるよね。

私に足りなかったのはこれだ。パーティーとか講義とか、全然出たくない。

『いつまでやるのかと聞いておる』

ノブナガが苛立たしげに言う。

終わるまでやるに決まってるけど？

『かぁ～っ！　こんな面倒くさいこと誰かにやらせておけ！　一日中雑草ばかり抜きよって！　どあほうめ！』

ノブナガに大喝されるけど、この一週間で慣れてしまって驚かなくなってきた。

ちなみにだけど、入れ替わりは簡単だった。

私がノブナガに身体を預けると意識すればいいだけだ。

一方、ノブナガは私と入れ替われる時間が決まっているらしく、一時間から二時間が限度みたいだ。

無理をしてノブナガが私の身体を乗っ取り続けると、馬小屋のときみたいに気絶してしまう。

この間なんか、皇都の街で倒れて大変だった。

ヒラリばあやを本気で心配させてしまった。

とりあえず完全に乗っ取られる心配がないとわかったので、ノブナガとは一日一回ほど入れ替わっている。入れ替わらないとうるさくて仕方ないから。

本当は入れ替わりたくないけどね……。

ああ、どうにかして平穏な日々を手に入れたい。

ノブナガを身体から追い出す方法はアガサさんに調べてもらっている。

今、私にできることは、波風を立てずにひっそりした学院生活を送ることだ。

『つまらんのう。馬に乗れ、リーシャよ』

ノブナガは馬が好きだね。

領地への行きと帰りは馬車を使うから、自分が馬に乗る必要はないと思う。

あと、私は乗馬が下手くそだ。落馬するのが怖い。

『領主が馬に乗れんなど片腹痛いわ』

そのうち練習しますよ。はい。

脳内でそんな返事をしつつ、栽培しているナタネへと目を向けた。

まぶしく感じるくらい、鮮やかな黄色い花が咲き誇っている。花びらは小さく、四枚に広がって一つの花になっている。一つ一つは小さい花だけど、一本のナタネにいくつも咲くので、見た目が可愛らしい。

ナタネはつぼみ、葉、茎をまるごと食べられる。

無駄なところが一切ない優秀な植物だ。

まあ、私以外、誰もこの有用性に気づいていないんだよね。ただの雑草とか思っているらしい。こんなに可愛くて素敵な植物なのに。

あとで油で揚げて食べようかな。

『リーシャよ。今、菜種と言ったな？』

ノブナガが急に真剣なトーンで聞いてきた。

ナタネで間違いないよ。

ノブナガのいた世界のものとは違うかもしれないけど。

『いや、見た目もほぼ同じじゃ。ひょっとして、油を取れるのではないか？』

え？　油？

そんなの聞いたこともないよ？

『くくく……ハッハッハッ！　そうかそうか。誰も油を取っていないとな！　リーシャよ！　おぬしの草いじりも存外無駄ではないようじゃぞ！』

私の脳内で一人で盛り上がらないでほしい。

『笑わずにはいられるか！　油じゃ！　油じゃ！』

え〜っ。ナタネから油が取れるの？

『これで金には困らなくなるぞ。すぐに手紙じゃ。領地へ手紙を書けい。一刻も早く栽培させるのじゃ。その間に儂らで抽出方法を見出すぞ』

いつになくノブナガが張り切っている。

これはやらないとおさまりそうもない。

『この世界はエゴマ油が主流じゃ。しかも独占販売しているのは性悪女の家！　儂らが新しい油を販売すれば、奴らの家は大損じゃ。考えただけで腹がよじれるわ』

ノブナガが早くも笑っている。

それはそうだけど……そう簡単にうまくいくとは思えない。

皇国ではエゴマ油が定着しているし、想像できないんだけど。

『おぬしが育てた植物が皆に使われ、金になる……愉快ではないか？　どうじゃ？　んん？』

うっ……そう言われると……、なんだかワクワクしてくる。

『じゃろう？　やってみる価値はあるぞ』

私は目の前に生えているナタネに手を伸ばし、そっと黄色い花を摘んだ。

『必要なのは種の部分じゃ』

この可愛いナタネが油にねぇ。

上手く乗せられている気がしないでもないけど、実験するのは好きだ。

植物の新しい使い方を発見するのは、たまらなく楽しい。

ナタネでの実験……やってみよう。

『菜種を取って部屋に戻るぞ』

ノブナガが号令する前に、私はナタネを数本摘んだ。

寮に戻って靴についた土を落とし、早速台所でナタネを切り分ける。

包丁の音が響く。

すると、洗濯を終わらせたらしいヒラリばあやがやってきて、特大の溜息をついた。

「お嬢様……次期当主が料理などおやめください」

「これは料理じゃなくて実験だよ」

「実験……またですか」

ヒラリばあやは眉間に深く刻まれたしわを、より一層深くした。

「ばあやは悲しい。馬小屋が燃えたと思ったら、ユウリ殿下を講義中に小馬鹿にし、天下統一するなどと世迷い言を叫ぶ。前髪を上げたと思ったら、男のような仕草で皇都に出かけて、二日に一回は喧嘩をしてくる始末……」

皇都で喧嘩をしてるのはノブナガです……私じゃありません。

私の身体で好き勝手しないでと何度言っても聞いてくれないんだよ。

この前なんか、皇都の不良をウワテ投げして頭踏んづけてたし……。

ああ、ノブナガのせいで悪役令嬢まっしぐらだ。

「かと思ったらまた前髪で顔を隠して草いじり。その辺に生えているナタネを取ってきて実験？　ばあやは……もう、お嬢様がどこへ向かわれるのかわかりませんっ！」

私もわからない。

すべてはノブナガのせいです。

「最近、お嬢様がなんと呼ばれているか知っていますか？」

「え……私、別称で呼ばれてるの？」

「……うつけ令嬢と呼ばれております」

ヒラリばあやはついには泣き始めた。

これは本気泣きだ。

いや……うつけ令嬢って……これ絶対にノブナガのせいだよね？

『言わせておけ』

よし。現実逃避だ。考えないでおこう。

とりあえず、ノブナガの指示に従って、実験に使う種の部分を取っておく。

ナタネの種は小指の先ほどの大きさだ。

ざるだとこぼれそうだから、木皿にでも入れておこうかな。

『領地への手紙を忘れるなよ』

油が取れたらね。

『先んじて送っておけ。失敗しても大した労力にならんだろうが』

はいはい。あとで送っておくよ。

一度言い出すとノブナガはうるさいからね。

『うるさいのはおぬしだろうが』

「お嬢様。これから乗馬の実技授業でございます。あやしい実験などやめてご準備をしてくださいませ」

泣きやんだヒラリばあやが、じっとりした目線で私を見てきた。

「……乗馬かぁ……」

「お嬢様、次期当主が馬に乗れないなど嘆かわしいことです」

「……欠席したい」

『乗れるようになっておけ』

ヒラリばあやと同じことを言われると、追い詰められた気持ちになるね。

『馬に乗れんで戦に出れるか。あほうめ』

戦はしたくありません。

なんでこうもノブナガは好戦的なんだろう。

ひとまず、ナタネの種は木皿に入れたし、食べられそうな部分をより分けた。

「種はあとで実験するとして……おやつを食べるか」

つぼみ、葉、茎を捨てるのはもったいない。

台所にある鍋を見て、昨日使ったエゴマ油が入っているのを確認して、火をかけた。

油の温度が上昇したのを見計らって、ナタネを投入する。

小気味よく油のはねる音が響いた。

「結局料理しているじゃありませんか！」

ヒラリばあやに怒鳴られた。

だって、捨てるのはもったいないよ。それに美味しいし。

『食い意地が張っておるのう』

腹を抱えているのが想像できるほど、ノブナガが笑っている。

揚げたナタネは塩を振って美味しくいただき、行け行けとうるさいヒラリばあやとノブナガに負け、仕方なく着替えて乗馬の実技授業へと向かった。

ちなみに、ヒラリばあやに揚げたナタネを食べさせたら機嫌が良くなった。

◯

皇立学院の乗馬場にやってきた。

広大な大地が広がっている。青い空と緑の芝生がまぶしい。

放し飼いにされている馬が遠くでのんびりと草を食べているのが見える。

すでに動きやすい服装に身を包んだ学院生たちが集まっていて、私を見ると皆が一歩下がって、ゆっくり離れていった。

彼らは「うつけ令嬢が来た」「昨日、皇都で暴れているのを見ましたわ」「この前はミツヒデを殴りたい、などと叫んでおりましたのよ」「変な格好で皇都をうろついてるらしい」などと囁き始める。

全部聞こえてるんですが……。

ノブナガによる風評被害が尋常じゃない。

私も草を食べる馬になりたい。

『小物が。言わせておけ』

居心地の悪さは気にしないようにして、実技授業で使う馬を探す。金持ちの貴族は自分の馬を持参しているんだよね。私も領地から馬を二頭持ってきてはいるけど、大型の馬で初心者には厳しい。なるべく大人しい馬をお借りしよう。

乗馬場の厩(うまや)に行くと、会いたくない人が待ち構えていた。

「リーシャ・オデッセイ。来たか」

甘いマスクの金髪第二皇子、ユウリ殿下が冷たい目をしてこちらを見下ろしていた。乗馬用の長靴と帽子がよく似合っている。

「……」

「その鬱陶しい前髪を上げて、私の目を見ろ」

前髪の隙間から見ると、殿下の碧い瞳が不快げに細められた。

その後ろにはオクタヴィア嬢、ビル、ポロミの三人が控えている。

思わず後ずさりをすると、ユウリ殿下が私を逃すまいと近づいてきた。

「誠心誠意、オクタヴィア嬢に謝罪をしろ。すべての罪を認め、許しを請うならば皇国の慈悲を与えよう」

「……」

「先週の授業で言った、天下統一という不敬な言葉も聞かなかったことにしようではないか」

ユウリ殿下が勝ち誇った顔で、ちらりとオクタヴィア嬢を見る。

オクタヴィア嬢は申し訳なさそうな表情でうなずいた。

今日の彼女は髪を結い上げ、白いうなじを出している。乗馬用の長いスカートは流行の形で、赤色だ。

そんな彼女の可憐な顔と、殊勝な様子に満足したのか、ユウリ殿下はさらに声を大きくした。

「彼女の美しさに嫉妬しているのだろう？　醜いぞ、リーシャ・オデッセイ」

いや、その美しい人に、私は悪役に仕立て上げられているんですが……。

『バカ皇子め。性悪女に操られておるわい』

ノブナガがつまらなそうに言う。

「何か言ったらどうだ、リーシャ・オデッセイ。不敬罪に問われず、学院を退学になっていないのはオクタヴィア嬢のおかげなのだぞ。自分を傷つけた者を許す彼女の寛大な心を、少しは見習ったらどうだ」

ユウリ殿下が陶酔したように片手を広げると、実技授業を受けに来ていた学院生たちが尊敬の眼差しを彼に向け、口々に「さすがユウリ殿下だ」「オクタヴィア嬢がうらやましいですわ」と囁き合う。

オクタヴィア嬢の本当の姿に気づいたら、みんな何を思うのかな。

「……」

ユウリ殿下は私が何も言わないからか、大げさにため息をついてみせ、「これ以上は無駄か」と背を向けた。

「行こう、オクタヴィア嬢」

ユウリ殿下が合図をすると、従士が立派な白馬を引いてきた。

彼は軽やかに乗馬する。

オクタヴィア嬢も自分の馬を準備していたのか、栗毛色の馬へひらりとまたがった。絵面だけ見ると、白馬に乗ったイケメン皇子と、馬を乗りこなす真紅の髪の戦乙女といった具合だ。

『中身はあほうと性悪だがな』

ノブナガが歯に衣着せぬ言い方をする。

ユウリ殿下が馬をゆっくりと歩かせると、オクタヴィア嬢がそれに続く。

オクタヴィア嬢は私の横を通り過ぎる瞬間、こちらを一瞥して、くすりと笑った。

……腹黒い。

ユウリ殿下は第二皇子だけど、第一皇子が公の場に一切顔を出さないため、皇子の中では実質ナンバーワンの存在だ。

第一皇子は存在しないのでは、とまで噂されている。

誰しもがユウリ殿下とオクタヴィア嬢を見て、うらやましそうな顔をしている。

それに、オクタヴィア嬢とユウリ殿下が結婚すれば、トキア家は相当な権力を手に入れることができる。

オクタヴィア嬢は打算でユウリ殿下をたらしこんでいるのだろう。

『ほう、よくわかっておるでないか』

まあ、本性を知っているからね。

そんなことをぼんやり考えていると、オクタヴィア嬢の配下であるビルが、にやにやと笑いながら一頭の馬をこちらに引いてきた。

「うつけ令嬢。おまえの馬はこれだ」

ビルの引く馬は真っ黒で巨大で、目が血走っている。鼻息も荒い。

明らかに言うことを聞かないタイプの荒馬だった。

『おお！　面構えのよい馬じゃ！』

いやいやいや、乗れないよこんな馬！

「他の馬はないぞ」

ビルが顔を青くしている私を見て笑う。

厩にいたはずの馬たちは、なんとポロミが勝手に厩から出して牧場に放ってしまっていた。

ビルが私に顔を近づけ、絆創膏の貼られた頬を見せつけるように唸った。

「今はお嬢様に止められているが、卒業と同時に半殺しにしてやる」

「……ッ」

あまりの迫力に喉から変な声が漏れそうになった。

『ハッハッハ！　威勢だけはいいやつじゃ！　半殺しにされる前に儂が首をはねてやろうぞ！』

全部ノブナガのせいじゃん。

何笑ってるんですか……あと怖いし……。私の平穏な学院生活が……。

「その馬、気性が荒すぎて誰も乗れないんだってぇ」

ポロミが糸目を限界まで細くしてケラケラと笑い、ビルと合流して去っていった。

私の横には今にもこっちを蹴ってきそうな馬が、ぶるぶると機嫌悪そうに鳴いている。

そうこうしているうちに、集合場所に教授がやってきてしまった。

ああ、もう点呼を取り始めてるよ。

みんな馬に乗ってるし。

『手綱を持て、リーシャよ』

そうはいっても……。

恐る恐る馬の首あたりにぶら下がっている手綱を持とうとすると、ふざけるなよと言わんばかりに睨まれた。

「ひぃぃっ」

手を引っ込めると、馬がふんと興味なさそうにそっぽを向いた。

完全に見下されている感じがする。

『おまえがへっぴり腰だからじゃ。だらしない』

ノブナガ、交代してよ。

私には無理だ。乗れっこない。

『いやじゃ。少しは努力をせい、リーシャ』

ここに来て入れ替わり拒否ですか⁉

いつもは代われ代われってうるさいのにさ。

三十メートルほど向こうで「リーシャ・オデッセイはいるか！」と教授が叫んでいる。

意を決して手綱を取る。

とにかく、乗れないなら連れて行くしかないよ。

ぐいと手綱を引っ張ると、馬が嫌そうな顔をした。びくともしない。

それでも頑張って手綱を引くと、馬が仕方なさそうに歩き始めた。目が怖い。

中年の教授が私を見つけると、クラスメイトがこちらを見て笑い始めた。

馬が首を振るから、手綱を握っている私は振り回されていた。

「……リーシャ……オデッセイ……です」

どうにか点呼に答えると、教授もあざ笑うようにうなずいた。

『こやつ、性悪女の家とつながりがあるようじゃな』

ビルもポロミも私の姿に口元を歪め、オクタヴィア嬢は表面上だけ心配するような目をし、ユウリ殿下はあからさまに侮蔑の目を向けて口を開いた。

「リーシャ・オデッセイ！　リンメル教授も乗れない荒馬を持ち出して何をするつもりだ！　オクタヴィア嬢を襲わせる気ではないだろうな⁉」

ユウリ殿下がまったく見当違いの方向に話を持っていく。

オクタヴィア嬢はそれを聞いて唇を噛んだ。

どうやら自動で私が悪者になっていることが可笑しくてたまらないらしい。

『いい塩梅(あんばい)に悪役になっているようじゃな。重畳(ちょうじょう)、重畳』

どこが重畳なんですかね……。

穴を掘って隠れたい気分なんですが。

教授が私を見て離れるように指示し、点呼を終わらせた。

「約一名をのぞいて全員馬に乗ったようだな。これより実技を始める」

私を無視して説明が開始された。

時折、こちらを見てクラスメイトが笑っているのがつらい。

どうにか馬に乗りたいけど、とてもじゃないけど私では無理だ。今は草をむしゃむしゃ食べているから大人しいだけで、食べ終わったら絶対にどこかへ駆け出すよ。

『どうして無理だと決めつける。おぬし、まだ何もしていないぞ』

無理なものは無理だ。

だって、乗馬は苦手だから。

『ふん。苦手も何も、幼子の頃から乗ろうとしていないではないか。おぬしには勇気が足りん。領主としての気概が備わっておらん』

そんなこと言ったって、乗れないよ。

教授ですら乗りこなせない馬なんだよ？

リンメル教授は馬術大会で何度も優勝している貴族だ。

「では私に続け。まだ走らせないようにな」

ノブナガと会話をしていると、教授が馬を進め、クラスメイトたちが後に続く。

馬のいななきと馬蹄が重く響く。

最後尾にいたポロミが通り過ぎるときに「頑張ってね～」と嫌味たらしく言ってくる。

集合場所には誰もいなくなった。

『よく聞けリーシャよ。おぬしが領主になることは決まっておる。おぬしが軟弱者のままでは、オデッセイ辺境地に住む領民たちが困るのじゃ。おぬしの両肩に、領民数万の命と生活が乗っていることを忘れるな』

私は望んで次期当主になったわけじゃないよ。

お父さんとお母さんはどうして私なんかを指名したんだろう。

家臣の半分ほどは反対しているみたいだし、妹のユキを領主にすればいいのに……。

『おぬしの妹は虫も殺せんおなごじゃ。当主に据えるのは避けたんじゃろう。弟もまだ八歳だしのう。消去法でおぬしになったわけじゃ』

それにしたって、私なんかが当主はできないと思う。

口下手でヘタレだし……。

『見事なヘタレっぷりじゃな』

いや、思いっきり肯定しないでくれないかな。わかってることだけど。

『おぬしは次期当主。それは変わらん。つべこべ言わずに馬に乗れ！』

ノブナガが大きな声で言う。

馬を見上げると、草を食べるのをやめたのか、じっとこちらを見下ろしていた。

充血した目で見られると、背筋が震えそうになる。

こんな大きな馬、うちの領地でも見たことがない。

『近いうちに世は戦乱になる。おぬしはいいのか？　あの性悪女に故郷を奪われ、家族は殺されるのだぞ』

そ、そんなこと……。

『起こるはずがない？　あの性悪女は必ずやる。狡猾な松永弾正久秀と同じ目をしておる』

オクタヴィア嬢が領地を侵略する光景を想像してしまい、身体が冷たくなった。

のどかな領地。美しい自然。

素朴ながらもたくましい領民たち。

そのすべてが燃やされると考えたら、自然と拳に力が入った。

……わかったよ。

やってみる。

『そうじゃ。その意気じゃ。まずは手綱を強く持てい』

ノブナガの指示に従い、手綱に力を込める。

馬は私の空気が変わったことに気づいたのか、不機嫌そうに鳴いて、後ろ足で地面を蹴った。

『タテガミをつかんで左足を鐙にかけろ。気づかれぬ間に乗れ』

やるしかない。そういう気持ちで左足を鐙にかけて、馬の背に乗った。

一気に視線が高くなる。

すると許可なしに乗った私に怒り狂った馬が、突然暴れ始めた。

上下左右に飛び跳ねて振り落とそうとしてくる。

『腰を浮かしてしがみつけ！　絶対に手綱を離すな！』

ノブナガの声に叱咤され、どうにかこうにか振り落とされずに耐える。

馬はさらに暴れ回り、厩まで走って壁にぶつかった。

絶対に私を落とすつもりだ……！

『はははは！　一日中雑草を抜いておるせいか足腰が強いではないか！　リーシャ、このままじゃ！　おぬしが落とされるか馬があきらめるか、根比べじゃ！』

視界がぐちゃぐちゃになって、髪が振り乱れる。

ノブナガの声はあまり聞こえない。

とりあえず高笑いしているのだけは聞こえるけど、もう指示を聞くとか、それどころじゃない。

どん、どん、と馬が厩の壁に体当たりをし、飛んで跳ねて、私を落とそうと躍起になっている。

『離すな、食いつけ！　スッポンじゃ！　おぬしはスッポンじゃ！』

手がしびれてきたので、ノブナガの声で咄嗟に手綱へ噛みついた。

ヒラリばあやが見ていたら顔を真っ赤にして怒りそうだ。

『やるではないか！　いつもの食い意地をみせろ！　スッポンになれい！』

「しゅっ……ぽん……！」

視界がぐるぐるしているけど、このまま振り落とされたら大怪我をしそうだ。

意地でも離さない……。

馬はまだ抵抗しているのか、必死に暴れまわっている。

数分なのか、数十分なのか、時間の感覚がわからなくなってきた。

『おぬし根性あるのう！　貴族の連中はすぐにあきらめたのじゃろう。だからこの馬に乗れなかったのじゃ。荒馬を乗りこなすには暴れさせるのが一番じゃぞ！』

馬が厩の壁にぶつかるだけではダメだと思ったのか、凄い速さで駆け出した。

視界が真横へと飛ぶ。

手綱を両手で握り直し、身を低くして、ふともも力を込めた。

なぜかはわからないけど、どう動けばいいのか何となく理解できる。

ノブナガが入れ替わっているときにやっていたことが、自然と私にもできるようになっている？　ノブナガと感覚を共有しているおかげかもしれない。

私、馬に乗れている……！

『速い！　速いぞリーシャ！　この馬は儂らのものじゃ！』

今までで一番楽しそうに、ノブナガが笑う。

視界がぐんぐんと前へ進み、実技で馬を走らせているユウリ殿下、オクタヴィア嬢をあっさりと追い抜いた。

一瞬だけど、ビル、ポロミ、教授、クラスメイトたちの驚いた表情が見えた。

『見たか！　あやつら呆（ほう）けた顔をしておったぞ！　おぬしが馬を乗りこなして悔しがっておったわい！　愉快じゃ！』

馬はまだあきらめていないのか、不規則に左右に揺れたりしている。

これ以上はダメだ。ノブナガ、交代して……。

『うむ。ようやった』

身体を明け渡す意識をすると、スッと身体が軽くなった。

「ははは！　良い馬じゃ！」

私の声で、ノブナガが大笑いする。

ノブナガの手綱さばきは慣れたもので、徐々に馬が言うことを聞き始めた。

さすが馬好きと言うだけあり、乗りこなしている。

「こやつを乗りこなしたのはリーシャ、おぬしじゃ」

私が？　この馬を……？

「手綱に食いついたときはあほうかと思ったがな」

不機嫌な馬をその場で足踏みさせて器用に回し、ノブナガが笑う。

あのときは必死だったから。

「どう、どう。止まれ」

ノブナガが手綱を操ると、馬が黒いたてがみを揺らし、停止した。

「こやつ、信玄めが乗っていた黒雲に似ておる」

クロクモ？

シンゲンという人はよくわからないけど、この子はクロちゃんと名付けよう。

「はあ？　クロちゃん？　そんなふぬけた名前にしてたまるか」

ノブナガがクロちゃんと言った瞬間、馬がひひんと鳴いた。

その後、ノブナガが何度か命名したが、馬はまったく反応しない。

「クロか。まあいい」

割とあっさりノブナガは折れた。いい意味で一つのことに執着しない人だ。

ノブナガはポケットから朱色の紐を取り出し、ポニーテールに結った。

「前髪が邪魔で仕方ないわ」

あ、切るのは絶対にやめてね。

「わかっておる。うるさいのう」

ふんと鼻から息を吐き、ノブナガはまたクロちゃんを走らせた。

馬蹄の音が響き、草木の匂いがする。

ノブナガは実技をしている面々の方へと向かい、教授の隣へと歩み寄った。

教授が心底驚いた顔でこちらを見ている。

「おぬし、この馬に乗れなかったのだよな？　講師なのに軟弱者じゃのう」

「くっ……」

プライドが傷つけられたのか、教授が顔を赤くして震えている。

「なぜ乗れている……皇都一の荒馬だぞ……」

「リーシャが乗りこなしたのよ」

「……私にも乗れなかった馬を……」

「やはり！　ということはだ！　儂が一番乗馬が上手いということだな！　しから

ば、教わることはないということじゃ！」

ノブナガ……クロちゃんと乗馬の腕前を自慢したいだけでしょ……。

いやもうホントいい性格してるね……。

ノブナガは口を開けて馬に乗っているビルとポロミの近くへ行くと、勝ち誇った顔をした。

「誰も乗れない馬に乗ったぞ。どうだ？　悔しいか？　ほら、おぬしも乗るか？」

「貴様っ……！」

挑発されたビルがクロちゃんに乗ると、十秒ほどで振り落とされた。

吹き飛ばされて、地面を転がった。

「ハッハハッハッ！　下手くそじゃ！　トキア家の従士はそんなものか！」

ノブナガはひとしきり笑って、またクロちゃんにまたがった。

オクタヴィア嬢が睨んでいた気がしないでもないけど、見なかったことにしよう。

実技授業を勝手に抜け、自由気ままにノブナガがクロちゃんを走らせる。

クロちゃんも心なしか楽しそうだ。

風が気持ちいい。

乗馬がこんなにいいものだとは知らなかった。

私がこの馬を乗りこなしたのか……。こんなことできたの、初めてだよ。

「リーシャよ。一つ、成長したな」

ノブナガは前を向いたまま、手綱を揺らす。

「おぬしは次期当主だ。ゆめゆめ忘れるでないぞ」

私はずっと逃げていたんだ。

それを、ノブナガはわからせようとしてくれた。

そうだよね……。いやだいやだと言っても、現実は待ってくれない。

それなら、自分にできることをしたほうがいい。

自信はないけど、やるだけやってみよう。

「領地に帰って戦の準備じゃ！」

いや、戦はしない方向でどうにかしたいんです……。

戦うんぬんはさておき、乗馬の練習は今後しようかな。

思っているよりずっと楽しいし、目線が高くなるのは気分がいい。

「馬はいいものじゃぞ」

そうだね。クロちゃんもなんだか可愛いし。

「ほう。言うようになったではないか」

私は授業中であることも忘れて、ノブナガの言葉を聞きながら、馬に揺られる感覚を楽しんだ。

第三章　謎の黒き剣士

乗馬の実技授業以降、私が皇都一の荒馬を乗りこなした一件が噂になって広まっている。

何人か挑戦したみたいだけど、誰一人として乗りこなせなかった。

それを聞いて、ちょっと誇らしい気持ちになる。

今では、うつけ令嬢という評価と、荒馬乗りという評価が私にされていた。

あのあと、私と入れ替わったノブナガが交渉してくれ、クロちゃんは正式に私の所有となった。いくらかお金は払ったけど、そこまでの金額じゃなかったのはよかったね。

『クロは天下を取れる馬じゃ』

ノブナガはクロちゃんを手に入れてから、ご機嫌だ。

「お嬢様！　ばあやは誇らしいです！」

乗馬を嫌がっていた私がまさか荒馬を手懐けると思っていなかったのか、ヒラリばあやのご機嫌も素晴らしいものになっている。

あれから一週間ほど経ったけど、毎日話を聞きたがるから困ったものだ。

何度かせがまれて話すと、オクタヴィア嬢の従士であるビルが落馬したところでヒラリばあやが両手を打って笑う――というのがお決まりになっていた。

「あのストランドボード家の小倅めが。オデッセイ家を舐めているからこうなるのです。リーシャお嬢様バンザイ！　オデッセイ家バンザイ！」

ヒラリばあやのテンションについていけない……。

そういえばビルのフルネームは、ビル・ストランドボードだったね。過去にヒラリばあやと何かあったんだろうか。

それはさておき、ばあやには苦労をかけてきたし、私のことをずっと心配してくれていた。

私が多少なりとも次期当主らしいことをして、安堵しているのかもしれない。

「して、お嬢様。まだこの珍妙な実験を続けるのですか？」

ヒラリばあやが持っているフライパンを見て言った。

現在、ナタネを炒っている。

ノブナガの記憶によると、油の原料になった種は黒かったらしい。

黒いとなると、炒めるか、炭焼するか、なんらかの処理をしているはずだ。

「ノブナガ……じゃなくて、ええっと、畑でナタネを調べて気づいたことがあってね」

「はあ、ナタネの新しい食べ方ですか？」

「他の誰にも言わないって約束できる？」

「もちろんです。ばあやを誰だと思っているのですか。リーシャお嬢様のおしめを何回替えたとお思いですか？」

「あ、うん。そういうのはいいから」

「かしこまりました。して、ナタネに何の意味があるのですか？」

ばあやがフライパンを振りながら首をかしげる。

「実はね、油が抽出できるんじゃないかと思って」

「……油、でございますか？」

「そうなの。油を作れれば、領地は潤うよ」

ヒラリばあやはフライパンの中でころころと転がっている小さな種を見て、こんなものが油になるのか、という顔をした。

「それが本当なら、大変なことでございます」

ヒラリばあやがひっつめた白髪を手で押さえ、目だけを左右に動かす。

ばあやは先代当主の秘書を務めており、財政に明るい。

油ができた場合の売上を計算しているのだろう。

『ばあさんが驚いておるわ』

ノブナガがしてやったりと笑っている。

「ばあや、手を止めてくれる？」

「かしこまりました」

指示を出すと、ヒラリばあやが素早くフライパンを上げた。

十分ほど炒めてみたけど、どうだろうか？

少し冷ましてみて、黒くなった種を指で潰してみる。

うーん、確かに油っぽいものが出ている気がするけど……。

「お嬢様、本当に油が……？」

「どうだろ。潰して濾してみようか。まな板だと水分を吸っちゃうから、鉄板ってあったっけ？」

「卵焼き用のフライパンがありますよ」

ヒラリばあやが嬉々として平たいフライパンを持ってきた。

その上に種を転がし、スプーンの裏側でつぶす。

液体が出てきたらすべて布に入れて、濾してみた。

『油じゃ！　ちいと色が悪いがな！』

「お、お、お嬢様……ッ！」

ヒラリばあやが驚愕して腰を抜かさんばかりに後ずさりした。

ばあやは何かと反応が大きい。

「これは一大事ですよ。お館様に文をお送りいたしましょう」

急に小声になって、ばあやが言う。

「あ、もうナタネを量産しておいてっていう手紙は送ってあるよ。蠟印もしてあるから大丈夫」

「お嬢様ッ！　なんと機転の利く行動……！　それでこそオデッセイ家の次期当主でございます！」

「あはは……うん。ありがとう」

「最近ではだいぶ明るくなられて、ばあやは嬉しいです」

「そうかな？　明るい、私？」

「それはもう」

ばあやが何度かうなずく。

「以前は下を向いてばかりおられましたが、今は目標ができたのか楽しそうでございます」

「そうかなぁ……」

自分ではよくわからなくて、手で頬をなでてみる。

「ですが、急にお人が変わったように、男のような口調になるのはおやめくださいませ。しかもおかしな袋を腰にぶら下げて、その今も腰につけている……なんですかそれは？　短い火縄銃ですか？　銃は道楽者の所有物でございますよ」

ヒラリばあやが私の腰についている短銃を指差す。

これもノブナガが皇都で発見して購入したものだ。

銃なんて、道楽者の遊び道具とされている。

男女ともに剣と槍を使えることが誇らしい、というのが世の風潮だった。

『火縄銃があるとは驚きであったぞ。しかも、持ち運びできる短銃だ。リーシャ、それを捨てたら許さんぞ』

とまあ、ノブナガがご執心なので、置いていくわけにもいかない。

というか、結構お高い金額だったんだよね。

私のお小遣いがなくなったよ。

商店で見かけた新型のスコップ一式を買う予定だったのに……。

『銃のほうが有用じゃ』

「お嬢様、聞いておられるのですか？　男っぽい行動は慎んでくださいませ。この皇都で婿（むこ）を見つけるのも大事なことなのですからね。これでは貰い手がいなくなってしまいます」

「あ、うん。なんかね、たまに、こう、男らしくすることで、自分を解放しているんだよ」

苦し紛れの言い訳に、ヒラリばあやはおもむろにうなずいた。

「そうでございましたか……。ばあやはお嬢様の胸の内を知らず、恥ずかしいばかりでございます。さぞストレスが溜まっておられるのですね」

「いきなり変わるかもしれないから、そのときはそっとしておいてね」

「かしこまりました」

ヒラリばあやが恭（うやうや）しく一礼した。

よかった。お説教はないみたいだ。

「ですが、それとこれとは話が別です」

前言撤回。お説教はあるらしい……。

「淑女らしいふるまいと、行動と、言動をお願いいたします。悔しいですがオクタヴィア・トキアを見習うべきでしょう。もちろん、腹黒い女であることは抜きにしてです」

さすがに黙っておくのもアレだったので、ヒラリばあやにはオクタヴィア嬢のことを話している。ばあやの怒りようといったら凄まじいものがあった。

「無理に婿を見つけろとは言いません。ですが、家にとってプラスになる良縁を探すことはお家存続の一助となります。恋だの愛だのは二の次でございます」

「身も蓋もないね」

「ですから、日頃の振る舞いにはご注意を！　うつけ令嬢、荒馬乗りなどという、淑女とはかけ離れた呼び名がついてしまっているのです。ああ……ばあやは急に心配になってきました……」

「あ、うん。ごめんね」

「お嬢様はこのままご結婚もできずにお一人になってしまうかも……」

ヒラリばあやが泣き始めた。

これは嘘泣きだろう。

でも、皇都で結婚相手を探す必要はないと思う。

領地内で結婚相手を探すことはできる。恋愛とか全然興味がないし。

『意外じゃな。誰とも結婚したがらんと思うておったわい』

ノブナガが少し驚いている。

まあ、義務と思えば別に問題ないよ。

『ふん。次期当主らしくなってきたではないか。あとは人前でしゃべれるようになれい』

それは割と本気で無理だと思う。

人前に出ると喉が締め付けられてしゃべれなくなるんだよね。

『無理だ無理だと決めつけるでないぞ』

それもそうだけど……これぱっかりは性格じゃないかな？

ほら、せっかちな人もいれば、待つのが全然苦じゃない人もいるし、しゃべれない人間がいたっていいじゃない……と思う。

『まあそういうことにしておいてやろう。今はな』

ノブナガが肩をすくめて言っているかのように、呆れた声を出した。

「お嬢様、そろそろ授業に行くお時間でございます」

私の未来を嘆いていたヒラリばあやが何事もなかったように姿勢を正し、恭しく一礼してから、てきぱきと私を着替えさせた。

これでも辺境伯の令嬢なので、普段着用の服は結構な数がドレッサーに入っている。

なるべく地味なものでといつも言っているけど、今日の授業は特殊なので、仕方なくいつもよりは明るい、若草色のドレスを着ることにした。形は無難なAラインのものにしておく。

「お嬢様、スタイルはいいのですから、前髪をどうにかなさってくださいませ」

ヒラリばあやがぶつくさ言いながら、コルセットをきつく締めてくる。

「うっ」

思わず、口から変な声が漏れた。

「もうちょっとゆるめで……」

「いけません」

何を隠そう、今日の授業はダンスだ。

ダンスも苦手なんだよなぁ……。

踊るのは割とすぐに覚えられるけど、男の人と距離が近くて、会話しなければならない状況になるのが苦痛だ。

『腹踊りでも踊っておけ。くだらん』

ノブナガは社交ダンスが嫌いらしい。

あー、ノブナガがまともに男性と踊ってるの想像すると面白いかも。

『儂は踊らんぞ。おぬしが実技を受けろ』

はいはい。わかってますよ。

着替えたあとは強制的に化粧をされた。

前髪だけはどうにかそのままで死守した。

「乗馬をする際はお着替えをお願いいたします」

ヒラリばあやが目に力を込めて言ってくる。

ノブナガと入れ替わったときに、何着か服をダメにしているので、釘を刺された。

「わかってるよ」

ノブナガと入れ替わるときは、乗馬用の服に着替えよう。

『はよう入れ替わりたいのう。おぬしの日常はつまらん。講義もつまらん』

ぶつくさとノブナガが言っているけど、何をされるか本当にわからないので黙っておく。

「じゃあ行くね」

「いってらっしゃいませ。くれぐれも男勝りな言葉遣いなどはなされないように」

「わかってるよ」

「有能そうな子息に話しかけることもお忘れなく」

「それは……できないかな……」

「ああっ……ばあやは心配です。お嬢様は昔から無口で、話した男と言えばお館様と弟君、それから庭師くらいでございましたから、結婚ができるか不安でなりません。政略結婚という名目で家同士で婚姻を結んでしまってもいいですが、それでは相手がどのような気質の人間か見極められません。それから――」

「あはは……うん、うん、わかったよ」

始まったら終わりが見えなくなるヒラリばあやのお小言を聞きながし、自室から出ようとすると、ドアがノックされた。

ばあやが出ると、配達員の制服を着た女性が一礼した。

「リーシャ・オデッセイ嬢宛にお手紙です」

「ご苦労さまでございます」

手紙を受け取り、ドアを閉め、ヒラリばあやが差出人を確認する。

その途端、みるみるうちに顔色が悪くなった。

この反応。まさか……。

「……大変でございます……奥様からです」

「お、お母さんから⁉」

「何ということでしょう……ああ、神よ……！」

ヒラリばあやが生まれたての子鹿のように全身を震わせながら封を切り、手紙を開いて読み始めた。

私は怖くて文章を読む気になれない。

お母さんは女傑と言われた人物であり、領地内で唯一無二の存在だ。

他人にも自分にも厳しく、嘘を嫌い、常に眼光が鋭い。

平たく言うと、めちゃくちゃ怖いのだ。

子どもの頃から比喩抜きに死ぬほど叱られたし、ヒラリばあやもお母さんの厳しさを目の当たりにしている一人だ。

お母さんは領地経営のほぼすべてを取り仕切っていたが、数年前から体調を崩して年の半分以上を部屋で過ごしている。

領主であるお父さんは優しすぎる気質から領地経営に向いておらず、私が次期当主に任命されるに至っていた。

在学中は手紙を送ってこないと思っていたけど……。

「お嬢様！」

ヒラリばあやが猛禽類のごとく目を見開いた。

「ななな、なに？」

「絶対に男を捕まえてきてくださいませ！　奥様からのお達しでございます！」

「え？　え？」

「領地内で適当な結婚相手を探すのは許さん、とのことです」

「なんでぇ⁉」

できれば私の行動に目をつぶってくれる、温厚な人と結婚したかったんだけど。

「お嬢様のことだから誰とも話していないだろうと。奥様はそうおっしゃっておいでです。あと一ヶ月経って候補者を見つけられない場合は……」

「場合は……？」

「奥様自ら皇都に来ると……そう書いておられます……力強い文字で……」

ヒラリばあやは手紙を胸に抱き、神よ、と言いながら聖印を切っている。

今にも恐怖で泣き出しそうだ。

病気だから来ないとか、そういうのはお母さんには通用しない。あの人は、やると言ったら必ずやる。

本気だ。お母さんは本気で来る。

「お嬢様！　なんとしてもダンスの授業でお相手を見繕ってくださいませ！　この際、格下の男爵家でもいいです！」

「わかった……うん。できる気がしないけど……」

『政略結婚が良いじゃろう。くだらん相手では意味がない。儂が探してやる』

ノブナガに交代したらこじれそうな気がするからやめておくよ。

知らない人に話しかけるとか、考えただけで胃が痛くなる。

「お嬢様、気張ってくださいませ！　男を捕まえるのです！　自分を肉食動物だと思って、がぶりといってくださいませ！」

ヒラリばあやに激励され、私は部屋を出た。

○

歴史を感じる重厚な造りの皇立学院へと足を運んだ。

ノブナガと話しながらダンス会場へと向かうと、全学院生が集まっていた。

赤、黄、水色など、美麗なドレス姿の令嬢たちが、可憐な花のようにホールを彩っている。

令嬢たちはこの日のためにと髪を結い上げ、化粧をし、気合い充分であった。

実はこのダンス授業、ダンスという名の社交の場でもある。

クラスが違い、話す機会のない男女が、ダンスという堂々たる名目で誘うことができるのだ。

参加している子息たちも、仕立ての良いタキシードを着ていた。

子息は次期当主や、次男などが多く、自分の気に入った子や、家が裕福な子女を狙っている。うん。顔は爽やかだけど、目が獲物を狙うそれになってるよね。

このキラキラした空間は私には厳しい。

このときばかりは悪役を押し付けられたことをありがたく思う。

だって、私に話しかけてくる子息はいないからね。

とりあえず、壁際にひっそりと立つことにしよう。

うまくいけば誰とも踊らなくて済むかもしれない。

できればそうあってほしい。

『それでは婿を探せんではないか』

ノブナガが呆れている。

そうだった。いつもの癖でつい……。

ひとまず、様子見をしよう。うん、そうしよう。

壁と同化しようと努力していると、入り口の方向が騒がしくなった。

「おお、オクタヴィア嬢が来られたぞ！」

「なんと美しい……！」

「薔薇のヴァルキュリアとは彼女のためにある言葉だ」

子息たちの視線は、入ってきたオクタヴィア嬢に釘付けだった。

『あの性悪、見てくれだけは目を見張るものがあるのう』

ノブナガの言う通り、オクタヴィア嬢は艶やかな真紅の髪を揺らし、胸元があいたワインレッドのドレスを身にまとっている。瞳が大きくて女性らしいけど、その立ちふるまいが凛として一本の大きな薔薇を連想させた。

さすが、皇都の有名な画家に懇願されてモデルをやるだけあるよね。

あんなに美しくて、正義感にあふれた雰囲気なのに、腹黒っていうのは……彼女の演技力に脱帽してしまう。

多分、私がどれだけ「彼女は腹黒です」と言ったところで誰も信じてくれないだろう。

『いつか化けの皮を剝がしてやるわ』

ハッハッハ、とノブナガが笑う。

あなたはいつも楽しそうでいいね。

私は何か強大な、それこそ童話に出てくる大悪魔に目をつけられた気分だよ。

令嬢たちからは嫉妬の視線と、称賛の言葉が飛んでいる。

あからさまにオクタヴィア嬢を褒めている人はトキア家と懇意にしている貴族たちだろう。トキア家は財力のおかげで大きな権力を持っている。

『財の半分がエゴマ油じゃがな。お、来たぞ。あほう皇子じゃ』

ノブナガが言うと同時に、今度は第二皇子のユウリ殿下が颯爽と現れた。

こっちも絵本から抜け出してきたような、イケメンすぎる皇子だ。

令嬢たちから、ため息が漏れている。

「ユウリ殿下、わたくしとぜひダンスを……」

「わ、わたくしもお願いいたしますわ！」

積極的な令嬢が話しかけると、ユウリ殿下の周囲に人垣ができた。

だが、ユウリ殿下は髪をかきあげると、白い歯を見せて「すまない。先約があるんだ」と言ってオクタヴィア嬢に近づいた。

「踊っていただけませんか、お嬢様」

ユウリ殿下が膝をついて、片手を差し出す。

すると、オクタヴィア嬢はほんの少し恥ずかしがる素振りをみせる。

「あなたとダンスをする栄誉を――」

ユウリ殿下がさらに言うと、オクタヴィア嬢がそっと手を取った。

二人を狙っていた男女から残念がるため息と、単純に羨ましがるため息の二種類が漏れる。

『茶番じゃ。性悪女は内心で笑っておるぞ』

だろうねぇ……。

それを合図に講師の男女がやってきて、全員が男女でペアを組み、ダンスが始まった。

楽団が上品な曲を流す。

講師は私のほうを一瞥（いちべつ）したけど、噂の令嬢だとわかったのか、あえてペア組みを強要してこなかった。

今年は女性のほうが多いので、不人気らしい令嬢は順番待ちをしている。

『おぬしも順番待ちの列に入れ。ほれ、あの背の低い伯爵家の次男などいいではないか。家柄の格もほぼ同じ。領地も遠くない。ブサイクなのは目をつぶれ。さ、話しかけてみよ』

ノブナガが無茶振りをしてくる。

ダンスはダメだ。ハードルが高すぎるよ。

手を握って踊りながら話すとか、距離が近すぎて確実に喉から声が出ない。

植物のお世話とかの講義はないのだろうか。

『どのみちおぬし、しゃべらんじゃろうが』

じっとしていると、時間だけが過ぎていく。

講師が何度か手本を見せて、学院生たちが踊る。

みんな楽しそうだ。

今このときだけは、家のことなど忘れて楽しんでいるように見えた。

楽団がワルツを演奏すると、講師がオクタヴィア嬢とユウリ殿下を指名して、二人がお手本になって踊り始めた。

オクタヴィア嬢はダンスも上手い。

美人で家がお金持ちでダンスも上手く、勉強の成績もよく、剣術も得意とか……何か欠点がないと釣り合わない気がする。天は二物を与えず、という言葉は嘘だ。

ワルツのお手本を二人が披露すると、ユウリ殿下が何やら真剣な顔を作り、これから革命を起こさんばかりに物々しく口を開いた。

「第二皇子であるユウリ・エヴァー・ウィステリアは、オクタヴィア・トキア嬢と――婚約する」

いきなりの発言に、ダンスホールがしんと静まる。

オクタヴィア嬢は一瞬、目を見開いたが、すぐに微笑みを浮かべた。

断られるとはまったく思っていないらしいユウリ殿下は余裕の笑みを浮かべ、羽をつまむようにしてオクタヴィア嬢の指へ手を添えた。

「オクタヴィア嬢……」

「……突然のお言葉に驚いておりますわ。殿下、理由を聞かせていただいてもよろしいでしょうか？」

オクタヴィア嬢はほんの一瞬だけ、私へと視線を送った。

なんだろう……これから殿下が言うことを聞いておけよ、と目で言っているような気がするんだけど。

「まず第一に、誰とは言わないが、オクタヴィア嬢がとある令嬢から悪意を向けられている。それからあなたを守るためだ」

ユウリ殿下が壁際にいる私を見て、すぐにオクタヴィア嬢へ視線を戻した。

「第二に、オクタヴィア嬢の健気な姿に心から惚れた。幾千の星を集めたような瞳も、真紅の髪も、すべてが愛おしい。すぐにとは言わない。卒業パーティーの際に返事をくれたまえ」

「……まあ」

オクタヴィア嬢が頬を手に当てる。

頬が染まっている。

あれが演技だったらすごいけど……多分演技なんだろうね……。

『じゃろうな。奴は狡猾（こうかつ）じゃ。あほう皇子に惚れるようなタマではない』

ノブナガが断言した。

大国の領主をやっていたノブナガが言うと説得力があった。

その後、ユウリ殿下の熱に当てられたのか、ダンスの授業は告白会場のようになってしまった。

子息が気に入った令嬢に声をかける。

ダンスホールは桃色の空気に包まれた。

私に話しかけてくる子息は当然いない。このままでは相手を見つけることはできないだろう。

どうにかしないと。

すると、ビルとポロミがやってきて、にやりと笑った。

忘れちゃいけないのが、この二人もオクタヴィア嬢と同じで狡猾なタイプなんだよね……。

私以外の前では行儀良くし、模範的な学院生を演じている。

前回の荒馬騒動も、ノブナガが煽ったから怒った。つまりは私が悪い。という構図でクラスメイトからは捉えられていた。

「正義感の強い第二皇子はこれでオクタヴィア嬢の物だ。あの皇子、意外と身持ちが固くてな。だが、今は悪役令嬢から姫を守る気持ちよさに陶酔している。うつけの悪役令嬢のおかげだ。どうもありがとう」

頬の絆創膏が取れたビルがしたり顔で言う。

続いてポロミが糸目をさらに細くして、愉快そうに笑った。

「あんたと結婚する子息はいないから。おめかししてきたみたいだけど、残念ね」

『儂と代われ、リーシャよ。いい加減、斬り捨ててやりたくなってきたわ』

憤ったノブナガの声が聞こえる。

『おぬしが何も言わんから利用されるのじゃ。言い返せ、リーシャ』

「……」

他人を前にすると声が出ない。

しかも、悪意を向けられているとわかっているのでなおさらだ。

ノブナガの忠告は理解できる。

できるんだけど、頭ではわかってるんだけど……。

「そうだ。亡霊って言われてる第一皇子でも探したらぁ？　誰も見たことないらしいけどねぇ〜。あんたの相手にぴったりじゃない？」

ポロミがそう言って、ビルと二人でオクタヴィア嬢の元へと去っていった。

いつの間にか授業は終了し、多くのペアが誕生して、オクタヴィア嬢とユウリ殿下を中心にダンスホールをあとにした。

きっと、テラスのあるカフェテリアに皆で行くのだろう。

その中心人物はオクタヴィア嬢だ。

私は取り残された気分になった。

人と話すのが苦手なくせに、漠然とした不安に駆られる。

このままだと、私はろくに男性としゃべれず、一生独身になってしまうかもしれない。

『儂が戦略的な結婚をしてやる。安心せい』

一番安心できないんですけど……。

『くだらんダンスとやらは終わりだ。リーシャよ、交代するのじゃ！　馬をせめるぞ。クロを戦で使えるようにせんとな！』

こういうときだけはノブナガがいてくれてよかったと思うよ。

無駄に前向き……というか、人の話まったく聞いてないし、空気読まないし、自分のやりたいことだけをやりたがる。でもそれに救われる。

『おぬしもそうすればいい。ぐちぐち考えていても仕方あるまい』

それができたら苦労はしないよ。

一人残ったダンスホールをあとにして、自室に戻った。

全然ダメだったと伝えると、ヒラリばあやにがっかりされた。

お小言を言われながら服を乗馬用に着替えて、ノブナガと入れ替わった。

「はっはっは！　やっと入れ替われたわい！」

ノブナガが朱色の紐を取り出し、前髪を上げ、さっとポニーテールにする。

そのおじさん口調だけ、どうにかしてくれないかな……？

「……お嬢様。ダンス授業のストレスが……なんと痛ましい……」

「おう、そうじゃ、そうじゃ。すとれすとやらじゃ」

「そのようなしゃべり方はおやめくださいませ」

「馬に乗ってくる」

「あっ、お嬢様！　まだお話が！　皇都で子息たちに人気のステーキ店があるそうで、そちらに行けば——」

ノブナガは取り付く島もなく、さっさと部屋を出て、厩(うまや)に行き、クロちゃんに乗った。

学院の裏手にある乗馬場をクロちゃんで駆ける。

「馬はいいのう。ダンスなどやってられんわ」

高くなった視線と、草原の青い香りが気持ちを落ち着かせてくれる。自然と一体化した気分になるね。

私もあれから毎日練習している。馬が好きになっていた。

「よいではないか」

ノブナガは草原の奥まで行き、さらに続く林の中へと馬を走らせた。

ここは皇族のための巨大な公園になっており、学院生なら誰でも使うことができる。

奥の林にはめったなことでは人が来ない。

ノブナガはクロちゃんをこれでもかと走らせ、跳ばせ、小川の中も進む。

これも戦のためらしい。

いつしか傾いた太陽が、夕日をオレンジ色に染め上げて、林に長い影を作っていた。

すると、立派な月桂樹の陰から、一頭の馬が現れた。

「……誰だ」

馬上の人物が声を上げる。

私は思わず息を飲んだ。

その人物があまりにも特徴的だったからだ。

男性であるのに美しい濡羽色をした黒髪を肩まで下ろし、その瞳は青く、鮮烈に冴え渡っている。鼻梁は高くて、頬の形も芸術的な曲線を描いていた。

動きやすい上下黒の服に身を包み、腰には剣を佩いている。

どうやら剣士のようだ。

クラスの令嬢が見たら、卒倒しそうなくらいの美形な男性の剣士だった。

手足も長くて馬に乗っている姿が絵になっている。

「ほう。まずはうぬから名乗れ」

ノブナガが物怖じせずに、尊大な態度で言った。

大丈夫かな……変なこと言わないでよ？

美形な男性はノブナガの男っぽいしゃべり方に少々面食らったのか、何度かまばたきをして、手を胸に当てた。

「レディに失礼をした。私は……ウェバルだ」

彼が逡巡して名前を言う。

「儂は――」

リーシャね。ノブナガとか言わないでよ。

本当にお願いだから。

「わかっておる。リーシャ・オダじゃ」

いやいや、オダって何？

オデッセイだよ。オデッセイ。自分の家名を言わないで。

「細かいやつじゃのう……。リーシャ・オデッセイじゃ。よろしく頼む」

美形の剣士ウェバルは私――ノブナガの物言いが興味深かったのか、一度見たら永遠に忘れられなくなりそうな美しい青い瞳をこちらへ向けた。

聡明な光を宿した目に、私だったら後ずさりしていたと思う。

何か、すべてを見透かされそうだった。

「じろじろ見おって。なんじゃ？」

「……すまない。君が噂の荒馬乗りの辺境伯令嬢か」

「うつけ令嬢よ」

ノブナガがさもおかしそうに笑い、さらに口を開く。

「儂も昔はうつけと呼ばれておった。言わせておけばよい」

「昔は？　ああ、領地で」

ウェバルさんが納得した表情を作る。

「で、ウェバルとやら。おぬし、相当な乗り手じゃな。どれ、一つ勝負せい」

「……いいだろう」

え、いきなり？

なぜかウェバルさんも乗り気だ。

クロちゃんがぶるぶると鳴き、ウェバルさんの馬もいなないている。

二人は馬を並んでうたせ、林から草原に出た。

「奥に見える大木まで先についたほうの勝ちじゃ」

ノブナガの提案にウェバルさんがうなずき、乗馬勝負が開始された。

結果はノブナガの勝ち。

合計で三回勝負したところ、二勝一敗という結果になった。

「女性に負けるとはな」

ウェバルさんが悔しそうに言うけど、笑った顔は爽やかだった。

「はっはっは！　修行が足りんな！」

それから、二人は馬から下りて馬術談義に花を咲かせた。

ウェバルさんはノブナガの口調が気にならないらしい。

馬が合うとはこのことか、二人は三十分ほど途切れずに会話をした。ノブナガは遠慮せずに笑いながらバシバシとウェバルさんの背中を叩いている。

いや、触れるのも恐れ多い美形剣士に何してるの……。

中身が男だからできるふるまいな気がするよ。

「暗くなってきた。しまいじゃ」

ノブナガが空を見上げて言い、言葉を待たずに馬に乗った。

そろそろノブナガと私の入れ替わりの時間も終わりそうだ。

なんとなく、感覚でわかる。

ウェバルさんも馬にまたがった。

「ところでウェバルよ。おぬし、何か隠しておるな?」

「……人間、秘密の一つや二つはあるさ」

「で、あるか」

ノブナガはそれ以上聞かず、クロちゃんの首を撫でる。

隠し事か……。私もあるよ。

ノブナガが中に入っていることとかね。

「ではまたな、ウェバル」

「リーシャ嬢。またお会いしよう」

ウェバルさんは名残惜しいのか青い瞳を細めると、ゆっくりと馬上で一礼し、手綱を振って馬を走らせた。

ノブナガはじっとその背中を見ていた。

どうしたの？

さすがのノブナガでも美形の剣士に思うところがあるとか？

皇都でもお目にかかれないほどの美形な人だった。性格もさっぱりとしていて、誠実そうだ。話し方も聡明で、ノブナガの問いに、打てば響くような明快な受け答えをしていた。

「ふむ、ウェバルはおそらく……」

彼が、なに？

「まあよい。何度か会えばわかることじゃ」

そんな意味深な言葉を言って、ノブナガがクロちゃんを操り、厩へと歩かせる。

この出逢いが、私とノブナガの運命を大きく変えるとは、このときは夢にも思わなかった。

第四章　草の友

「お嬢様！　手紙が届いております！」

ヒラリばあやがノックもせずに部屋に入ってきた。

「御覧くださいませ。くだんの殿方からでございます」

ばあやの手には草原と同じ薄緑色の便箋があり、達筆な文字で、リーシャ・オデッセイ嬢へと記されている。

ヒラリばあやは下町のおじさんのように、「お嬢様も隅に置けませんねぇ、このこの」と肘でつついてきた。かなりの浮かれっぷりだ。

それもこれもノブナガが入れ替わっているときに、「美形の男を捕まえた。貴族じゃ」とヒラリばあやに言ったからだった。

ウェバルさんは貴族じゃなくて剣士でしょ？

そう思ったけど、あの公園を使えるのは学院生か皇族、またはその関係者だけだ。貴族である可能性は十分に高いけど、私は高貴な方の護衛剣士ではないかと思う。

ノブナガはヒラリばあやのお小言が苦手らしく、手っ取り早くばあやを納得させるためにウェバルさんの名前を出したんだよね。

「奥様には証拠としてウェバル殿の手紙を一通同封いたしました。これでアリバイは成立でございます。少なくとも、一ヶ月以内に奥様が皇都に来ることはございません」

ヒラリばあやが小躍りしている。

まあ気持ちはわかるよ……。

お母さんがここに来たら、気の休まることのない毎日になる。

「お嬢様。文通でお相手の気持ちをつかむのです。そうだ、皇都で有名なボーチェという詩人の詩集を買ってきたのです。ぜひこちらを参考にしてくださいませ。二十ページ目の恋文の章が秀逸にございます。お相手の心をとろかせる、砂糖よりも甘い言葉を紡（つむ）いでくださいませっ」

ヒラリばあやがやたら分厚い本を机に置き、がに股で左右に跳ぶ変なステップを踏みながら去っていった。

完全に恋文と勘違いしてるよ……。

違うって言っても、またまたぁ、と調子よく返されるだけだ。

あんなに浮かれているヒラリばあやを見るのは初めてだった。

『ウェバルからか。開けてみよ』

美形の剣士、ウェバルさんと会ってから早いもので二週間。

彼からの手紙はこれで六回目だ。

公園の林道で出逢った翌日、私宛に手紙が届いて、それ以降、こうして文通をしている。

それにしてもアレだね。文通はいいね。

文字なら自分の話したいこともまとめられるし、何より顔を見て話さなくていいのは気楽だ。

『おぬしも困ったやつじゃのう』

ノブナガのあきれた声が聞こえるけど、気にしないでおこう。

それより、ウェバルさんに気に入られたのはノブナガでしょう？

ノブナガが返事を書いたらどう？

『おぬしとも盛り上がっておるではないか。返事はおぬしが書けい』

ウェバルさんは植物関連の知識が豊富で、今回は肥料についての話題が書かれている。

うーん、余った雑穀を肥料として運用する方法か。

皇都の穀倉地帯で使った植物が記されていて、大変参考になる。

早速、お返事を書くことにしよう。

細かい部分は大図書館にいるアガサさんに聞いてからのほうがいいかな。

植物のことを考えるだけでワクワクしてくるよね。

『草いじりもここまで来ると有用じゃな』

ノブナガが何か言っているけど気にならない。

私は便箋に途中までペンを走らせ、大図書館へ行き、情報を収集して手紙を返信をした。

ちなみにだけど、ノブナガを私から分離する方法はさっぱりわかっていない。それらしき記述はあるのに、やり方が一切書かれていないそうだ。千年前の古文書じゃあ仕方ない気もする。あと、魔術とか胡散臭いし。

最近では、ノブナガと話をさせてくれとアガサさんから頼まれていて、丁重にお断りしている次第だ。

アガサさんに男っぽい私を見られるのはちょっといやなんだよね。

『今日も講義か。つまらん。実につまらん』

ノブナガがそんなことを言った。

学院の講義はほとんど知っていることなので、ノブナガにとっては退屈で仕方がないらしい。

ああ、そういえば、クロちゃんで今日も訓練するでしょ？　偶然、ウェバルさんと会ったらどうする？

できれば会ったときノブナガが話してほしいんだけど。私じゃうまく話せないから。

『よかろう。あやつとの会話は悪くなかった』

ありがとう。じゃあ夕方、乗馬するときに入れ替わろう。

『ほほう。おぬしもウェバルが気に入っておるようじゃな』

茶化すような口ぶりでノブナガが言う。

気に入っているというか、同い年くらいであれだけ聡明な人と知り合いになれたことが嬉しいよね。私、友達いないし。

良き文通相手だよ。

ああ、自分で言っていてちょっと悲しくなってきた……。

『それよりリーシャよ。ナタネを忘れてはおらんだろうな。講義の合間にでもやるぞ』

もちろん忘れてないよ。

『ならばよい』

ナタネから油を取る方法の確立については、秘密裏に部屋で行っている。

私の部屋から煙がしょっちゅう出ているので、学院側からはあやしい実験をしているおかしな令嬢という評判になっていた。

うつけ令嬢とか荒馬乗りとか言われてるから、もはや、ね……。

ヒラリばあやの調べによると、トキア家の人間が噂を積極的に流しているようだ。

私とノブナガの行動が悪役令嬢への道を確固たるものにしてしまっている気がするけど、ノブナガと入れ替わる時点で奇行からは逃れられない。

人間、あきらめというのは肝心だよね。

◯

皇立学院の教室へとやってきた。

もちろん、誰も私に話しかけてこない。

一番隅の席に座って草木になったように息をひそめていると、教室の会話がよく聞こえる。

「──卒業パーティーは誰と行く？」

「──できれば皇族を誘いたい。ユウリ殿下の従姉妹の姫とお茶会をしているのだが──」

「──オクタヴィア嬢はユウリ殿下か」

「──トキア家にはいよいよ逆らえなくなるな」

話題の中心は卒業パーティーだ。

皇立学院は二年制になっていて、私たちは二年生なのであと五ヶ月ほどで卒業だ。そろそろ相手を見つけておかないと、卒業パーティーの当日一人で出席することになる。

卒業パーティーは誰と行くかで、その家のステータスが決まるんだよね……。

逆に言うと、誰とも行けない場合などは、一生の笑いのネタにされてしまう可能性があり、今後の家の立場に影響があった。

栄枯盛衰。貴族社会は恐ろしい。

みんな必死だ。

『性悪女の思い描いているとおりに事が運んでいるようじゃ』

トキア家が第二皇子であるユウリ殿下と卒業パーティーに行くとなると、その影響力は絶大なものになるだろう。

今ですら、経済の中心はトキア家と言われているほどだ。

そこに加えて、爵位の付与を決定できる皇族との強いパイプを手に入れたら……

トキア家はさらなる繁栄をするだろう。

私に悪役を押し付け、ユウリ殿下の好意を確固たるものとしたのも、すべてはこのためと言える。

おそらく、婚約も卒業パーティーで受けることになるだろうね。

卒業の日に婚約するのは学院の慣例になっている。

さぞ、貴族たちの話題になるのが想像できた。

『おぬしも相手を見つけけんとな』

そう言われると浮かぶのはウェバルさんの顔だけど、あの人と私じゃ釣り合わない。ノブナガがたまに言う、月とスッポンというやつだ。

別にパーティーには一人でいいんじゃないかな。

だって、もうすでにうつけ令嬢だの荒馬乗りだのと言われているんだからさ。

結婚相手は、なんとか見つけよう……。

『まあそう言うな。儂に考えがある』

物凄くいやな予感がするんだけど。

そんなことをノブナガと話していると、ユウリ殿下とオクタヴィア嬢が仲睦まじく話しながら教室に入ってきた。

金髪のイケメン皇子と薔薇のヴァルキュリアの二人は、やはり遠目から見ても絵になる存在だ。

オクタヴィア嬢から意味深な流し目を向けられたので、そっと目を逸しておいた。

やはり私は大悪魔に目をつけられたような気がしてならない。

こういうときは現実逃避だ。

ノートに好きな草の絵でも描こう。

『おぬし、少しは言い返せ。次期当主として恥ずかしいわ』

そう言われても、勝てそうもない人とは戦わない主義だ。

　そもそも、言い返すもなにも、人前だとうまくしゃべれないから不可能なんだけどさ。

◯

　その日の夕方、ノブナガと入れ替わってクロちゃんを走らせたが、ウェバルさんと会うことはなく、次の日になった。

　あの日以来、一度も会っていないんだよね。

　ただならぬ雰囲気の人だったし、忙しい仕事をしているのかもしれない。ひょっとしたら、高名な剣士かも。

　あれだけ植物や農作物に詳しいから、一度話してみたい気もする。

　会えなかったのが残念だったのは秘密にしておきたい。

『筒抜けじゃぞ』

　とまあ、私の考えはノブナガに駄々漏れなのだけど……。

　私は手元にある雑草を抜いて、かごに放り込んだ。

　土の匂いが私の心を穏やかにしてくれる。

自分の精神によくわからないおっさんが入っていると思うと、ストレス発散は大切だ。

『かぁ～ッ、また草むしり！　おぬしは次期当主の自覚を持て！』

ノブナガのお小言がうるさい。

無心で草むしりをし、スコップで軽く掘り返す。

『育てているのは小麦か？』

私名義で借りている植物園の畑には、様々な植物が植えてある。

その七割以上が食べれるものか薬草になるものだ。

今は、種をまいた小麦が膝の上あたりまで成長してきたので、中耕（ちゅうこう）除草をしている最中だ。

『ちまちまちまちまと！　非効率的じゃ！　道具を作れ！』

根ぎわの表土を浅く耕（たがや）し、除草も一緒に行うから中耕除草と呼ばれている。

自分でやるのが楽しいんじゃないか。

こうやって土と触れ合い、風を感じながら、食べ物を育てる。

なんて素晴らしいのだろうか。見渡すかぎり、私の育てた植物たちであふれている。

ここは家だ。

私は今、私の子どもたちに囲まれている。

『おぬしの家は辺境じゃ。どあほうめ』

ノブナガがまた叱責してくる。

もう慣れたものだから、少しも怖くない。

何か言い返してやろうと考えていると、突然、背後から声をかけられた。

「リーシャ嬢、精が出るな」

「……ッ」

驚いてすぐに振り返る。

私を見下ろしていたのは、濡羽色の髪と青い目を持つ、ウェバルさんだった。

急に美形な人が現れたので息が止まりそうになった。

「驚かせてしまったようだな。すまない」

彼は丁寧に言って爽やかな笑みを浮かべると、ズボンに土がつくのも気にせず、私の隣に片膝をついた。

「君のメイドに場所を聞いてな。あのメイドは君のことを心配していたようだ。何卒よろしく頼むと何度も言われたよ」

「……」

「これは小麦か？」

前髪の隙間から見ると、乙女の心臓を一撃で止めるようなウェバルさんの笑顔が見えた。

いやいやいやいやいや、こんなイケメンと急にしゃべれとか無理！

緊張でお腹がぎゅるぎゅるしてきた。

ノブナガ、交代！

交代してほしいよ！

『話す練習にちょうどよい。おぬしの口下手を直す訓練じゃ』

交代してくれる約束は？

『はて？　そんな約束したか？』

はっはっは、とノブナガが脳内で笑う。

この人、肝心のところでいつも天の邪鬼（あまじゃく）だよね。

いい性格してるんだから本当にもう……！

「リーシャ嬢？」

でも、話してみたいと思っていた気持ちは変わっていない。

お腹のぎゅるぎゅるを我慢しながら、口を開いた。

「ど、………どうも………………」

「作業の邪魔だったか？」

「……だいじょぶ、です」

どうにかこうにか返事をしたけど、どうにも居心地が悪くなって、草むしりを再開した。

ぶち、ぶち、という音が響く。

風が吹くと、ウェバルさんから柑橘系の香りがした。

超絶美形でいい匂いがするとか反則な気がする。クラスの令嬢たちが黄色い声を上げそうだ。

「私もやってみていいだろうか？」

「あ、はい。ど、どうぞ」

「では失礼する」

ウェバルさんは近場にあった雑草を丁寧に抜いた。

しばらく、ぶち、ぶち、という音だけが響き、私たちは無言で作業をした。

スコップで土を掘り返す作業もすると、ウェバルさんが手を差し出してきたので、黙ってスコップを渡した。

彼は私がやっていた中耕除草の手助けをしてくれた。

三十分ほど作業をすると、ふいにウェバルさんが話しかけてきた。

「馬に乗っていない君は物静かなのだな」

「……………そう、で、しょうか？」

あれはノブナガです、と説明するわけにもいかない。

歯切れの悪い私の反応を見て、ウェバルさんはほんの少し眉を下げて、首を横に振った。

「聡明な君のことだ。わかっている」

えと……何をでしょうか？

まさか、私の中に「のじゃ」「のじゃ」とうるさくしゃべるおっさんが入っていると見抜いたんだろうか？

『そんなわけあるまい』

ノブナガがため息をつく。

ウェバルさんは首振りを止め、地面に生えていた雑草を引き抜いて、その青々とした葉の一枚一枚を確かめるように眺めた。

「普段の自分と、他人の前での自分を使い分けているのだろう？　人は誰しも仮面をかぶって生きている。家族の前で、友人の前で、貴族の前で……。男勝りなリーシャ嬢の仮面は対貴族用、という認識であっているか？」

「……」

「ああ、すまない。リーシャ嬢のやり方を批難するつもりはまったくない。ただ、少し親近感を覚えてしまってな」

ほんの一瞬だけ物憂げな目になると、ウェバルさんは持っていた雑草をカゴに放り込んだ。

ウェバルさんほどの美形な男性なら、様々な厄介事に巻き込まれそうだよね。

そのときの場面で自分のかぶる仮面を変える必要があるのかもしれない。

すべてを同じ自分でいられたら楽だろうけど、それでは通らないのが貴族社会だ。

まあ、私の場合は仮面を取り替えるのではなくノブナガと入れ替わっているので、ウェバルさんの読みは大きくハズレている。

私に切り替えができるほどの会話力はない。

『おぬしはそれでも次期当主か。恥ずかしいわ』

ノブナガが脳内でしゃべり始めたけど、ウェバルさんが顔をこちらへ向けた。

「どちらのリーシャ嬢も好ましく思うよ。なので、気にしないでほしい。突然押しかけてしまったのはこちらだ」

ウェバルさんは申し訳なさそうに肩をすくめる。

「……あの……今日は、どうして……？」

どうにかこうにか喉から声をひねり出した。

ウェバルさんが一つうなずく。

「何度か手紙をやりとりして、どうしても君と直接話したくなった。作業しながらでいいから時間をくれないか？」

「……ええ」

「ありがとう」

ウェバルさんが白い歯を見せて笑う。

「ところで、リーシャ嬢は皇国についてどう思う？」

いきなりの質問に雑草を抜く手を止めてしまった。

『ほう。いい質問ではないか』

「君は天下統一をすると教室で宣言したらしい」

「………」

ノブナガによる黒歴史ですよ、忘れてください。

「君は本気だろう？　私にはわかる」

『ほう。よう気づいた！』

天下統一なんてこれっぽっちも考えていないです。

私、何も言ってないんだけど……。

「今の世は、力ある貴族が私腹を肥やし、領民が小競り合いの戦(いくさ)に巻き込まれている。いずれ戦乱となれば、最初に割を食うのは領民だ。……こうして農作物の研究をしているのも、民たちの食糧問題を解決するためなのだな」

ウェバルさんは未来を見通しそうな青い瞳を、私の畑へと向ける。

その目には、夢と希望が宿っているように見えた。

だけど、一つだけ言いたい。

この農作物は私の単なる趣味だ。

自分の手で植物を育て、その実りをいただく。

それにハマってしまっているだけで、ウェバルさんの言うような高尚(こうしょう)な精神はまったく持ち合わせていない。

「天下統一の四文字には、領民の幸せを願う気持ちが込められている……すなわち、世界を平和にすると君は言いたかった。そう解釈した」

「……そそ、そんな……」

あまりの斜め上な解釈に冷や汗が出てくる。

説明しようと思考を回転させていると、ウェバルさんが首を振った。

「君の手紙には心底驚いた。私も農作物に詳しいつもりだったが、君はそのはるか上を行っている。あれだけの知識を習得するために多くのものを犠牲にしたのだろう。民を想う高潔な精神に心から感服した」

ウェバルさんが称賛の目をこちらに向ける。

あ、いや……ホントにただの趣味でですね……。

好きで調べてたら詳しくなっただけで……。

『こやつ、おぬしを高潔なおなごだと勘違いしておる！　リーシャは植物バカなだけじゃぞ！』

ノブナガが腹をよじらせて爆笑している。

うるさいから黙っててくれませんかね……？

「しかも君は馬術の腕前が私よりある。こう見えて、私は皇都一の馬使いと自負していたんだ。馬術で負け、学術で負けるとは……正直、思いもしなかった」

『こやつ、負けたことのない男の顔をしておるな』

ノブナガが訳知り顔……というか、声で言ってくる。

「人生で負けたのは初めてだ」

『ほらな？』

それ見たかとノブナガが自慢してくる。

こっちはそれどころじゃない。

ウェバルさんの私に対する評価があり得ないくらい、それこそ世界最高峰のルルベスク山脈のごとく高くなっている。私などせいぜいその辺にある小山程度の女だ。

どうにか誤解を解かないといけない。

動け、私の口よ。

口下手を克服してこの方に真実を説明するのだ……！

「……あの……私、植物が……好きです……」

いや無理。黒髪の美形剣士様に自分の意見を言うとか、緊張して無理。

植物が好きなだけで民のためとか全然思ってません。

なんて長い言葉言えない。

お腹が痛くなってくる。

ウェバルさんが私の育てた小麦の青い葉を手に取り、慈しむように撫でる。

「そうか……私も植物は好きだ」

ああ、友よ。

あなたを草の友に任命します。

植物好きだってわかると、親近感が湧いてくる。

「この小麦は例の肥料を？」

「その子は新しい肥料を使って育てています。廃棄される糞尿も混ぜて利用してみたところ育ちがいいようで、痩せた土地にも有効であると思われますね」

『いきなりしゃべりおった』

植物のことだと……口の滑りがよくなるんだよ。

アガサさんのときもそうだった。

「そうか。土に」

ウェバルさんは糞尿を肥料にしたことを嫌悪する様子もなく、土を手に取ってしげしげと眺める。

皇都で廃棄前の糞尿をもらってきたら、ヒラリばあやには化物を見るような目をされた。

領地にいる偏屈な農夫のおじいさんに三年間お願いして伝授された肥料作成方法だ。どんな目をされようとも実験しないと気が済まなかった。

『この世界は遅れておるのう。糞尿は硝石(しょうせき)にもなるではないか』

え？　硝石って……火薬の原料だよね？　それは初耳だ。

あとで詳しく聞きたい。

『知らんのか。そうかそうか。場合によっては教えてやらんでもないぞ』

いい交渉材料ができたと、ノブナガがほくそ笑む姿が思い浮かぶ。

タダでは教えてくれないところがひねくれ者のノブナガっぽい。

ウェバルさんは何かをじっと考えると、立ち上がった。

「残念だが時間のようだ。また手紙を送ってもいいだろうか？」

「それは……はい……」

手紙ならいくらでも送っていただいて構いません。

対面するよりも楽ちんなので。

「ではまた、必ず」

彼は笑顔で別れの挨拶を告げ、柑橘系の香りだけを残し、去っていった。

急に現れ、煙のように消えてしまう。

いたずらな妖精に幻を見せられたような気分だ。

小麦畑を見ると、ウェバルさんが手伝ってくれた土の跡がまっすぐと綺麗に残っていた。

第五章　ウェバルの秘密

肩まである濡羽色の髪を揺らし、ウェバルは皇立学院の植物園を後にした。

うつけ令嬢と噂されているリーシャ・オデッセイから見えない場所まで来て、彼は広大な植物園を振り返る。

学院生が植物園を利用することはほとんどなく、半分が手付かずの状態になっており、リーシャが手入れしている場所だけが、正方形に切り取った虹のように鮮やかな花を咲かせていた。

「スバル様。うつけ令嬢はいかがでしたか?」

ウェバルが植物園を出たところで、どこからともなくタキシードを着た執事が現れた。

灰色の瞳に、灰色の髪。

どこか猛禽類を思わせる目つきをした五十代の男だ。

彼はごく自然な動作でウェバルより半歩下がって、歩き始めた。

「とらえどころのない女性だった」

ウェバルは迷ってからそう評価した。

「その割には嬉しそうな顔をされております」

「そうか?」

「他人に興味を持つのは素晴らしいことかと存じます。スバル様が自然に笑っておられる姿を見られてこのモーゼス、嬉しゅうございます。ああ……そういえば、まだ、ウェバル様とお呼びしたほうがよろしいでしょうか」

「リーシャ嬢はいない。スバルでいい」

「承知いたしました」

執事が胸に手を当て、次に笑みを浮かべる。

猛禽類のような鋭い目つきが柔らかいものになった。

「リーシャ嬢との出逢いは、誠に素晴らしきものでございましたな」

「……モーゼス。おまえは先日からそればかりだ。私がそんなに楽しそうに見えるか?」

そう言いつつも、リーシャのことを思い出して、面白可笑しい気分になってくる。

ウェバルはその並外れた美貌のせいで女性から言い寄られることが多く、十歳を過ぎたあたりから女嫌いになっていた。

言い寄られるだけならまだしも、毒を盛られて軟禁されそうになったり、よからぬ連中に拐われたりしそうにもなった。

誘拐未遂の原因はウェバルの出自にも大いに関係している。金持ち貴族の未亡人はウェバルを薬漬けにして種馬にするつもりだったことがわかり、肝を冷やした記憶は新しい。

今年で十七歳になり、女性不信にも拍車がかかる一方だ。

だが、そんなウェバルに、リーシャは乗馬勝負を挑んで勝ってみせ、さらにはウェバルの見た目には特に頓着せず、馬について普通に会話をし、男友達のように気さくに背中を叩いてきた。

世にはこんな女性がいるのかと心底驚いた。

それと同時に、リーシャをもっと知りたいと思った。

他人に対して興味を持つなど、人生で初めての経験であった。

リーシャが会話の途中で立ち上がり、「相撲でもするか！　ウェバルよ、来い」

と言って、両手を広げたときのことを思い出し、ウェバルは笑いが漏れてくる。

スモウは組み合いをして、相手を地面につけたほうの勝ち、という競技らしい。

さすがに辺境伯令嬢を投げるわけにもいかず、丁重に断ったが、あの顔はまた勝負を挑んでくるだろうと想像できた。

「面白い女性だ」

ウェバルの相手をしていたのは信長であるのだが、彼は知る由もない。

「リーシャ嬢には感謝せねばならぬようですな……」

執事モーゼスは普段から見ているウェバルの憂いを帯びた瞳が、光を宿している様子を見て薄っすらと口角を上げた。

「スバル様。リーシャ嬢にはいつ本名を明かされるのですか？」

執事モーゼスの問いに、ウェバルは数拍置いた。

「……もう少し、このままの関係でいたい」

「承知いたしました」

二人は皇立学院の敷地内を足早に進む。

目立たぬ道を選び、人目につかないよう気を配り、乗馬場を抜けて公園の道へと行こうとした。

しかし、一番会いたくない人物が、白馬に乗っている姿が見えた。

黄金の髪を揺らし、目は驚愕によって見開かれている。

明らかにウェバルの存在に気づいていた。

白馬は馬蹄を鳴らし、確実に近づいてくる。

どうやら連れがいるらしく、二頭の馬が目前まで迫っていた。

「……どうされますか？」

執事モーゼスが片眉を上げる。

「仕方ない。相手をする」

ウェバルは白馬に乗った人物へと身体を向けた。

「スバル兄様！　なぜこのような場所におられるのですか⁉」

驚愕と狼狽(ろうばい)をないまぜにした声を上げたのは、皇国の第二皇子であるユウリ・エ・ヴァー・ウィステリアであった。

彼は手綱を引き、白馬を急停止させた。

「皇国にはおられないと母上から聞いておりましたが……」

ユウリは女性を虜にする大きな瞳を何度も開閉する。

まるで悪夢でも見たような顔つきだ。

「ユウリ殿下、こちらの方は……?」

馬でユウリに追いつき、隣にやってきたのは、赤い乗馬ドレスを身にまとったオクタヴィア・トキアだった。

ウェバルは薔薇のヴァルキュリアと呼ばれているオクタヴィアを見上げる。

確かに、百人いたら百人が美人だと言うであろう美貌の持ち主だった。彼女からは強い意志のようなものを感じる。

「腹違いの兄だ」

ユウリは腹違い、という言葉を強調してオクタヴィアに紹介した。

「第一皇子……スバル・エヴァー・ウィステリア様でございますか?」

「……そうだよ。なぜ皇国にいるんだ……」

ユウリは歯嚙みして、うつむいた。

対してオクタヴィアは瞬時に判断したのか、馬を下り、丁寧なカーテシーをウェバルに向けた。

「お会いできて光栄です。トキア家長女、オクタヴィア・トキアでございます」

「スバル・エヴァー・ウィステリアだ。皇国へは皇族の義務を果たすために来ている」

ウェバルは自らをスバルと宣言した。

第一皇子はいないものとして扱われている。

それもこれも、面倒極まりない次期皇帝の継承争いに巻き込まれないため、ウェバルが情報を流しているからであった。

噂のおかげもあり、フードをかぶれば、皇都を歩いていても声をかけられることはない。

顔を知っているのは皇族と、ごく一部の貴族だけだ。

ここでユウリに会ってしまったのは失策であった。

「義務でございますか。それは、学院の講義を受けることですね？」

オクタヴィアが先回りして言う。

頭の回転が速いようだ。

「一年遅れてしまったが個別で講義を受けている。皇立学院を卒業するのは、母上の望みであったからな」

「左様でございますか」

「ユウリ。そんな顔をするな。私は次期皇帝になるつもりなどない。卒業後、皇国を出ていく」

馬上で落ち着かない様子のユウリへ、ウェバルは声をかける。

これは本心であった。

ウェバルの母は正室として神聖王国から輿入れしたが、ウェバルが七歳のときに病に倒れて死んでしまった。

その後、側室であったユウリの母であるキャサリンが正室に繰り上げとなった。

ウェバルの不幸はここから始まった。

キャサリンは当然であるが、実の子であるユウリを皇帝にすべく画策し、ウェバルへ度重なる嫌がらせを行う。

ウェバルが何をやらせてもすべてこなしてしまうことも、キャサリンの憎悪を増幅させた。

ウェバルは天才であった。

乗馬しかり、勉学しかり、新しい物事は二、三回こなせば人並み以上に理解して習熟してしまう。

皇族は第一皇子派と第二皇子派で割れてしまった。

その後、キャサリンはユウリの地位を盤石なものにするため、ウェバルの血に神聖王国の王族のものが混じっていることを利用し、数年がかりで彼を皇国から追いやってしまった。

父である皇帝はキャサリンの言いなりだ。

特に反対もせず、留学という形でウェバルは出国を余儀なくされた。

「知っておられるのですか?」

ユウリが馬から下り、咎めるように見つめてくる。

ユウリの母――キャサリンが知っているのか、と彼は聞いていた。

「義母上には知らせていない。私は憎まれているからな」

ウェバルが無表情に言う。

ユウリは「そうですか」と小さくうなずいた。

「何度も言うが、私が皇国にいるのは義務を果たすためだ。仮にも第一皇子である私が義務を怠るなど、他の貴族に示しがつかない。それはわかるだろう?」

「ですが、兄様は継承権を放棄したのですよね?」

「ユウリが皇位を継承後、私の権利は消滅する。本来なら今すぐにでも放棄したいが……次期皇帝が決まる前に第一皇子が継承権を放棄すると、民に余計な混乱を与える。父上が決定したのを忘れたのか?」

「兄様が皇国にいるとわかれば、貴族たちが何を言い出すかわかりません」

「私と会ったことは黙っておくのだな」

「本当に皆の前へ出るつもりはないのですね？」

「ない。卒業論文は提出するが、それだけだ」

「卒業パーティーも？」

「……そうだ」

ウェバルはユウリへ無関心な目を向けた。

そんな目を向けられ、ユウリは奥歯を噛み締めた。

いつもそうであった。

剣術、乗馬、何をしても上を行かれ、ウェバルから関心を向けられたことが一度としてない。

路傍の石を見るような目を向けられ続け、ユウリはウェバルを見るたびにプライドを傷つけられていた。

「兄様は他者を愛せないお人だ。母上が憎むのも仕方のないことです」

「……」

「母上に見つかる危険をおかしてまで皇国に来られたのは、寂しいからですか？

皇立学院の卒業など論文だけ出せばいいでしょう？」

「……」

「皇国に兄様の居場所はありませんよ。もし次に見かけたら、母上に報告いたします。今のうちに神聖王国なり、南方なり、早く移住することをお勧めいたします」

ユウリは早口に言って、顔を逸らす。

確かに、ユウリの言う通りかもしれなかった。

皇国に戻ってきたのは、亡き母の遺言もあるが、新しい何かを求めていたのかもしれない。

「オクタヴィア嬢、行こう」

話を静かに聞いていたオクタヴィアは黙ってうなずき、軽やかに乗馬する。

「スバル殿下、ごきげんよう」

オクタヴィアが一瞬だけ、目を細める。

それを合図にユウリが馬を走らせた。

オクタヴィアも後に続く。

ユウリの黄金の髪とオクタヴィアの赤いドレスが馬上で揺れ、小さくなっていく。

彼らの姿が消えるまで待ってから、ウェバルは深く息を吐いた。

「スバル様、日が落ちてまいりました」

執事モーゼスが優しい声色で言った。

「……そうだな」

ウェバルは歩き出した。

自分はこの国に必要とされておらず、近づいてくるのは血を利用しようとする者ばかりだ。

すべてが虚しく思えた。

子どもの頃から、この世はつまらないと感じていた。

母が生きていたら違った人生になっていたのかと、考えてしまう。

ふと、リーシャの顔が浮かんだ。

彼女は誰とも違った。

乗馬が上手く、わざと男勝りを演じる聡明さがあり、植物の知識に長けている。

そして何より、ウェバルを特別扱いせず、等身大の姿で見てくれているように思えた。

「リーシャ嬢を卒業パーティーのお相手にされてはいかがですか?」

執事モーゼスが内心を見透かしたような提案をしてきた。

ウェバルは返答に迷った。

「継承権のことなど気にせず、卒業パーティーに出席されるのも一興かと存じます。ブリジット様は、スバル様がどのような女性をパートナーにするのか、楽しみにしておられました」

今は亡きウェバルの母の名を出して、執事モーゼスが虚空を見つめる。

そんな執事の横顔を見て、ウェバルは母の笑顔を思い出した。

あの人は、楽しそうに笑う人だった。

何事も素直にとらえる純粋な人だったように思う。

自身の卒業パーティーがお気に入りのエピソードで、当時の流行最先端のドレスを着て、皇帝に優しくエスコートされたと、何度も話してくれたものだ。

「一度くらい皆の前にお出になってもいいかと、このモーゼス、愚考いたします」

「……リーシャ嬢は許してくれるだろうか。私が人前に出ると迷惑をかける。政敵も増えるだろう」

「お話を聞く限り、あれほど肝の座った女性はおりません。天下統一をすると豪語されたのですから、政敵についてもお考えがあるでしょう。パーティーの参加を直接確認されてはいかがでしょうか？　スバル様との縁を大切にしていらっしゃるのであれば、損得なしで首を縦に振ってくださると思いますが」

「……ある程度の根回しは必要か。少し考えさせてくれ。彼女の不利益になるようなことはしたくない」

「承知いたしました」

執事モーゼスは歩きながら頭を下げ、思い出したように顔を上げた。

「ところで……リーシャ嬢がオクタヴィア・トキアへ嫌がらせをしているのはデマでございましょうな。そんな器の小さいお人ではございません」

「彼女が他者へ嫌がらせをするなど、あり得ない」

ウェバルは確信を持って言った。

根拠はないが、あれだけ聡明な女性が自分の不利益になることをするとは考えづらい。

誰かの陰謀に巻き込まれたと考えるのが自然だった。

「オクタヴィア・トキアについて調べるぞ」

「承知いたしました」

ウェバルは乗馬場を歩く。

天下統一というリーシャの言葉が頭に浮かぶ。

青々とした草原に、橙色の夕日が落ち始めていた。

第六章　うつけ令嬢の商談

ウェバルさんと植物園で再会してから三ヶ月が経った。

卒業パーティーまであと二ヶ月になり、正式にパーティーのパートナーを誘っていいという許可が学院から下りた。

そのせいか、学院はピンク色の浮ついた雰囲気と、刺々しいピリリとした空気が入り混じっている。

意中の相手に誘われた令嬢は人生最高のときだ、という顔つきだし、人気の令嬢に振られた子息はだいたい空気でわかる。

卒業パーティーに相手がいないという事態。

それだけは避けなければならない。

領地に婚約者がいる人なんかは両親や兄弟にエスコートをお願いしたりもするけ

ど、婚約者も恋人も領地におらず、パートナー探しに失敗して両親を呼んだりする場合、貴族内で笑いものになってしまう。

あの家の令嬢は殿方の一人も捕まえられない魅力のない女だと、そういった評価をくだされてしまうのだ。

そうなると、卒業後に結婚相手を探すのに苦労する。

格上貴族との婚約はまずできないだろう。

なので、皆、必死だ。

特に子息よりも子女令嬢たちは覚悟を持って卒業パーティーの相手探しに挑んでいる。

誰が誰を誘った――。

もっといい相手を――。

駆け引き上等――。

様々な憶測と疑似恋愛の権謀術数(けんぼうじゅっすう)が入り乱れ、これぞ貴族社会の縮図かと思わせる。

これをきっかけに不仲になる令嬢たちもいるようだ。

優良物件から売れていくのだから、先手を取った者が有利と言えなくもないけど、家同士の力関係もあるから一概にはそうとも言えない。

親からあの子息をパートナーにしろと命令され、奮闘している令嬢もいるんだろうね。

変わった令嬢だと、皇室のイケメン騎士を指名してパートナーをお願いしたりもするらしい。

ああ、怖い怖い。背筋が凍るよ。

『おぬし、なんもしとらんじゃろうが』

そして私は、うつけ令嬢として呼び名が浸透していて、どの子息からもパーティーのお誘いはなかった。

「お嬢様ッ。何を呑気に薬草など干しておられるのですか！　パーティーのお相手はどうなさるのです。恋文の君であるウェバル様にお願いされたのではないのですか？　聞けばウェバル様は十七歳。文面からやんごとなきお方だとわかります。ばあやの見立てによると、ウェバル様は高位貴族の子息でございますよ」

今日も今日とてヒラリばあやが心配をしている。

そういえば、ウェバルさんのご身分をまだ聞いていなかった。

教養の高さから平民とは考えづらい。

まあ、彼がどのような職業だとしても、草の友ということに変わりはない。

ちなみにヒラリばあやは、私がウェバルさんを誘ったと思い込んでいたらしいけど、パーティーに誘ってないと言ったら、顔面を蒼白にしていた。

「お嬢様のお相手が……お相手が……」

ヒラリばあやは白髪のひっつめ頭を抱えて、お母さんからの手紙を見下ろして震えている。

辺境から、催促の手紙がきたのだ。

これには私も肝を冷やした。

「見てくださいお嬢様！　もし万が一、卒業パーティーのパートナーを見つけられなかったら、どうなるかわかっているでしょうねぇ〜？　と書かれております」

ご丁寧に声真似をして読み上げ、泣きそうな顔でお母さんからの手紙を見せてくるヒラリばあや。

「奥様がお怒りになったら天が裂け地が割れますッ。ああっ、神よ……！」

唯一の救いは領地に害獣が出たので、内政に忙しくて皇都には来られないという点だ。

お母さんが来ないとわかっているだけで生きた心地がする……。

それにしても、身体の具合が悪いのに大丈夫だろうか？　滋養強壮に効く薬草を領地に送ろう。

昔から結構無理をしてしまうから、かなり心配だ。

『ウェバルに頼めばよいではないか。あやつなら来るぞ。おぬしを好いておるようじゃからのう』

ノブナガがさっさとしろと言いたげな口調で提案してくる。

というか、ウェバルさんが私を好きとかあり得ない。

良き文通相手で草の友なのは確かだけど、根暗で無口な私が好きになられる要素が皆無だ。

あとさ、簡単に誘えって言うけど、私とウェバルさんじゃ釣り合いが取れてなさすぎるからね？

女神のハープと豚の尻尾ぐらいの格差があるよ。うん。

『月とスッポンか』

ノブナガが脳内で爆笑している。

応援するのか貶（けな）すのか、どちらかにしてほしい。

「お嬢様！　どうなさるおつもりですか!?　こうなったら恥を忍んで金品を積み、

ウェバル様にお願いしますか？」

ヒラリばあやが詰め寄ってくる。

多分だけど、お母さんの手紙を理由にして私の背中を押してくれているのだろう。

それに、最近は私が明るくなったと喜んでいたので、もっと物事を前向きに考えてほしいとの願望も含まれている気がした。

ただ、ウェバルさんは金銭では動かない気がする。

高潔な精神を持っている気がするんだよね……。

そもそも、お金でパーティーに来てもらうとか、草の友として恥ずかしい。

『ならば、誠意を見せて、己の言葉でウェバルを誘え』

そう言うけどね……。

少し考えさせてほしい。

あの人を誘うとなると、覚悟がいるからさ。

皇都を歩いていてもお目にかかれないようなイケメン黒髪剣士様と一緒にパーティーとか、考えただけでお腹が痛くなってくる。

『ふん。はっきりせんのう。まあよい』

ノブナガはそう言い、にやりという効果音が聞こえてきそうな声で『リーシャよ、交代じゃ』と言った。

もうそんな時間か。

今日は城下町に行く予定だったね。

あの孤児院に寄るつもり？

『商会にも行くぞ』

また行くの？　あまり相手を困らせないでほしいよ。

あと、ウェバルさんと会う予定なのはヒラリばあやには内緒でね。

『わかっておる』

実は今日、ウェバルさんと城下町に行く予定だった。

植物園で会ってから三ヶ月経っているから、結構楽しみだったりする。

私じゃうまく話せないので、ノブナガに行ってもらうことにしていた。

『さ、交代じゃ、交代じゃ』

嬉々としたノブナガに内心でため息をつき、窓際に干していた薬草を整理して、身体の力を抜いて自分の意識を預ける。

ふっと全身の力が抜ける。

すると、自分の身体が勝手に動き始めた。

入れ替わり成功だ。

「ふむ。やはり自分で動くに限るな」

ノブナガが両手を開閉して嬉しそうに笑う。

「ああ、お嬢様……いつもの男勝りが出てしまいましたね……」

ヒラリばあやが残念そうにため息をつき、目に力を込めてこちらに詰め寄った。

「いいですかお嬢様。ストレスが溜まっているのは重々承知しておりますが、これ見よがしにおかしな行動は控えてくださいませ！　うつけ令嬢と呼ばれているのですよ⁉」

「言わせておけ、そんなもの」

ノブナガは鬱陶しそうに手を振り、着ているドレスワンピースをさっさと脱いでその辺に放り投げ、クローゼットを開けて動きやすいシャツとスカートを指さした。

「お嬢様！　なんとはしたない！」

そう言いつつも、ヒラリばあやが手際よく服を着させてくれる。

ノブナガは人を使うのが異常なほど達者だ。

上手く言葉で言えないけど、従わないといけない気分にさせられるらしい。

城下町にいるちょっと悪い風貌の青年たちは、ノブナガに心服していた。いやもう本当に意味がわからないよ……。

街を歩いていると「リーシャの姉さん！」とか呼ばれるのだ。

ノブナガじゃなくて私のときに呼ばれると、心臓の具合がおかしくなるから勘弁してほしいんだよね……。

「城下町に行ってくる」

ノブナガは忠告など聞く耳を持たず、髪を朱色のリボンでポニーテールに結い上げ、スカートのベルトに剣、単発銃、火打ち石、薬草、お金などを入れた袋を三つぶら下げた。

ヒラリばあやが右手で額を押さえた。

「お嬢様……その珍妙な格好はおやめくださいと何度申し上げたかわかっておりますか？　貴族令嬢が城下町を出歩く格好ではございません。年頃の令嬢はメイクをし、髪を整え、流行のドレスをまとい、お供を連れて馬車で行くのです。仮にお忍びだとしても、そのような……野盗のような……ああ、これが奥様に知られたら……！」

ヒラリばあやはおいおいと泣き始めた。

これは本気半分、嘘半分の泣き具合だ。

「効率が良い。文句は言わせん」

ノブナガはやや苦い顔を作って顔をそむけ、足早にドアを開けた。

「平手のじいみたいにうるさいばあさんじゃのう……」

ぶつくさと言いながら、ドアノブから手を離す。

そのまま出ていくのかと思いきや、ノブナガは何かを思い出したのか、部屋の中を振り返った。

「ばあや、朗報だ。これからウェバルと逢引きをしてくる」

「なっ……！」

ヒラリばあやは泣き顔を即座に引っ込めて、満面の笑みを浮かべた。

ノブナガ～、秘密って言ったのになんで言っちゃうのよ……。

「それはようございました！　いいですかお嬢様、パーティーに誘うのです！　良きお家柄の方でしたら婚約まで持っていきましょう！」

「わかったわかった。そう急くでない。行ってくるぞ」

「いってらっしゃいませ！　ご武運を！」

ヒラリばあやが大慌てで部屋からレインボーフォックスの頭蓋骨を二つ持ってきて、頭頂部を叩き合わせ、丁寧に頭を下げて見送ってくれた。

その辺境っぽい見送り、やめてほしい。

しかも戦に行く前にやる簡易儀式だし。

「お嬢様！　肉食系女子になってくださいませ！」

ヒラリばあやの言葉は聞かなかったことにしよう。

「変なばあさんだ」

ノブナガが声を上げて笑い、厩（うまや）へ行ってクロちゃんに乗り、悠々と城下町へ向かった。

今日はこの感じだと、一時間半くらいは入れ替わったままでいられそうだ。何となく感覚でわかる。

ノブナガ。なんでヒラリばあやにウェバルさんと会うって言ったの？

「ああでも言わんとうるさいじゃろ」

どうやらノブナガはお小言が苦手らしい。

ノブナガの家臣であり教育係であった、ヒラテのじいと関係があるのだろうか？

「儂（わし）にもいた。口うるさい教育係がな」

ノブナガは懐かしむように言って、しばらく無言で手綱を操る。

大切な人だったの？

「……」

私の問いには答えず、ノブナガは口をつぐむ。

五分ほどクロちゃんを歩かせると、ノブナガが「ばあさんを大切にしてやれ」とだけ言った。

やっぱり、前世で大切な人だったようだ。

◯

城下町を馬で進んでいると、周囲からやけに注目された。

軍馬よりも一回り大きいクロちゃんと、私の姿のせいだ。

「うつけ令嬢だ」「大きな声を出すな。投げ飛ばされるぞ」「見ろよ、辺境伯令嬢だぜ」「令嬢なのにおかしな格好をしている」

と、あまりいい評価はもらっていない。

私としてはあきらめの境地だ。

ノブナガはどこ吹く風でまったく気にしていない。この人の心臓は鉄製なのだろうか。

　そうこうしているうちに城下町の中心部へと近づいてきた。

　広い噴水広場へ向かうと、栗毛の馬に乗った黒ずくめの男性が見えた。フードをかぶっているので顔があまり見えないけど、筋肉質なすらりとした体躯を見て、すぐにウェバルさんだとわかった。

「おう、ウェバル！」

　ノブナガが友達を呼ぶみたいに手を上げた。

　よくそんな気安く呼べるね……。

　向こうも手を上げた。

　クロちゃんを寄せると、ノブナガが彼のフードの端を持ち上げ、ウェバルさんの顔を覗き込んだ。

「おぬし目立つからな。仕方ないか」

「リーシャ嬢ほどではない」

　ウェバルさんが笑って肩をすくめてみせると、ノブナガがフードから手を離して笑った。

「はっはっは！　うつけ令嬢など言わせておけばよい！　行くぞ、ウェバル」

「どこに行くのだ？」

「商会と孤児院に行く」

「……面白そうだ」

ウェバルさんは冗談ではなく、本当に楽しそうにフードの下で口角を上げた。

やり取りしている文通で、よく城下町に行くという話題を振ったら、同行したいとお願いされたのだ。

何度も文通しているから、心の距離が近くなっている気がする。

まあ、相手をしているのはノブナガだけどね。

「ここじゃ」

ノブナガは皇都内で比較的新しい商会の前に馬を止めた。

最近、ノブナガはこの商会にばかり足を運んでいる。

南方から輸送されてきた特殊な物を取り扱っているからだ。

「ポルーガ商会か」

ウェバルさんは名前を知っているのか、馬から下りる。

ノブナガも下りて、商会前に待機していた少年に銅貨を放り投げた。

「預かっておれ」

「は、はい！」

丁稚の少年は銅貨をキャッチして、クロちゃんを見てぎょっとした顔をし、おっかなびっくり手綱を取って客用の厩まで連れて行った。次にウェバルさんの馬も引いて行った。

店内に入ると、商会名と同じポルーガという名前の店主自らが出迎えてくれた。

ノブナガがあれこれと購入しているから上客と思われているようだ。噂はどうあれ、いちおう辺境伯領の次期当主だしね。

そこから、話はとんでもない方向へと進んでいく。

なんと……ノブナガは火縄銃の購入を決定した。

その数、二百丁。

火縄銃といえば、貴族の道楽で使われるおもちゃのような立ち位置の武器だ。

戦場における飛び道具の主戦力は弓であり、銃など金持ちの平民が使う野蛮な道具として認識されている。

いやもうあれだよね……桁を間違えたのかと思ったよね……。

こんなにたくさん何に使うの……。

しかも、勝手に辺境伯領のツケにしているし。

お母さんが知ったら激怒どころじゃ済まない気がするよ。

胃が……胃が痛い……。

これにはポルーガさんも口をあんぐりと開け、ウェバルさんも驚いていた。

「高い。まけよ」

ノブナガは一言だけ言った。

断ったら癇癪を起こしそうな口ぶりに、丸顔中年のポルーガさんはハンカチで額の汗を拭っている。

「リーシャ嬢、二百丁とは……本気でございますか」

「嘘をついていると言いたいのか」

「そ、そんな！　滅相もございません。ですが、数が数でございますので、あとで反故にされてはこちらとしても大赤字でございます」

「二丁、大金貨十二枚とは高いな。十枚にせい」

ノブナガは店主の言葉を聞かず、自分の言いたいことを言う。

この人ホントいつもこうだよね。

店主は目を見開き、首を素早く横に振った。

「十枚ではとてもとても……。十二枚でもかなり勉強させていただいております。何卒ご容赦くださいませ……」

おおよそだけど、大金貨十枚は一家庭の食費を二年くらいはまかなえる金額だ。物価の安い地方都市だったら三年はいけるだろう。

一丁で大金貨十枚……二百丁で大金貨二千枚かぁ……。

いやいやいや、高いよ！

なんで火縄銃なんか二百丁も買うの⁉

領地一年の利益の四分の一くらいなんだけど！

おかしいでしょ！

家に帰ってなんて説明すればいいの⁉

「うるさいのう。ちと黙っておれ」

ノブナガが煩わしそうに手を振る。

私に言った言葉だけど、ポルーガさんは自分が言われたと勘違いしたのか、ハンカチで額を拭く速度が上がった。

「そういわれましても……我々も商売でございますから、利益が出ないとなると……」

「火縄銃の部品は南方から海路で仕入れておるのだろう？　ならば織田領を使え」

「オダ領？」

ノブナガ、オダじゃなくてオデッセイ領ね。

「オデッセイ領じゃ」

「我々に利があるのでしょうか？」

突然の話にポルーガさんの顔つきが変わっていく。

気弱そうに見えてもやはり商人だ。商売の匂いを嗅ぎ付けると、脳内で計算をする癖がついているのだろう。

「のう、ポルーガよ。トキア領で雑巾のように絞り取られておるのだろう？」

ノブナガがテーブルに肘を置き、身を乗り出した。

まさに悪の片棒を担がせようとしている悪役の立ちふるまいだ。

なんか悪そうな笑顔もセットだし。

いや、こういうところだよ……私が悪役令嬢っぽくなってるのはさ……。

それにしても、トキア領で絞られてるって……？

あ、そうか。関税か。

トキア家の関税は結構キツいってどこの商人も言ってるよね。

それもこれもエゴマ油を支配下に置いてるから、逆らえば生活必需品の油を売らないぞと圧力をかけられるからだ。

新しい商会がトキア家に逆らえるはずもない。

関税を泣く泣く払っているのだろう。

ポルーガさんもそれに気づいたのか、ごくりとツバを飲み込んだ。

「リーシャ嬢……オデッセイ領はいかほどなのでしょうか？」

「三年、無料で通過させてやる。火縄銃に限らずどの商品もすべてじゃ」

ノブナガが指を三本立てる。

三年間、関税なし。

オデッセイ家から皇都への輸送は山越えの必要があるけど、差し引いても相当な利益になるはずだ。

「油は儂が売ってやる。安心せい」

店主ポルーガは聞き間違えたのかと何度か目を開閉したが、魅せられたように私の指を見つめ、顔をテーブルへと突き出した。

「ほ、本当でございますか？」

「嘘は言わん。あとで書面を送る」

ノブナガの言葉にポルーガさんは腕を組み、黙り込んだ。猛烈に脳内で計算しているらしい。

「トキア家にはずいぶん割を食わされているのではないか？　あの家は、我が物顔で金を奪っていくだろう？」

「……それはもう。特に我々のような新興の商会は、手痛くやられております」

「どのみちトキア家とは薄い縁じゃ。我が織田家と懇意にせい。繁栄を約束する」

「左様でございますか……」

ポルーガさんは迷っているみたいだ。

輸送ルートをトキア家からうちに変更したら、トキア家からの評判が下がるからね。

実質、縁を切るのと同じだ。

オデッセイ家と取引するのは賭けになるだろう。

あとノブナガ、またオダ家って言ってるし。オデッセイね。オデッセイ。

「儂が当主になったら領地内の経済改革をする予定じゃ。余計な利権は取っ払い、楽市楽座を作る」

「ラクイチラクザ？」

「教会のど腐れどもが武器、防具、食料、生活必需品の利権を独占しているだろう？　うちの領地ではそれをなくし、自由に商売ができるようにする。前世も今世も坊主はろくでもないな……。自分は何もせず、金だけ巻き上げるとは腹立たしいことよ」

「そ……それは……！」

ノブナガがまたとんでもないことを言い出した。

今の世は教会主導の商工会が存在していて、どんな商売をするにもお金を出して許可証をもらう必要がある。ノブナガはそれを領地内で破壊しようというのだ。

もう本当にご勘弁願いたい……。

なんでそんな蜂の巣を全力で殴るようなことをしようとするのか、理解できないよ。

私の平穏が蜃気楼（しんきろう）のように消えかかっている気がする……。

隣で静かに話を聞いていたウェバルさんが驚嘆（きょうたん）し、

「リーシャ嬢……民のためを思って……やはり天下統一を……」

と、つぶやいた。

天下統一とか私はこれっぽっちも考えていませんよ。誤解しないでください。

私は平和に草木に囲まれて生活したいだけです……。

「言うなよ。おぬしだけに伝えておる」

ノブナガがポルーガさんを見て目をすがめた。

「……わかりました。ぜひ、お願いいたします」

「火縄銃は一丁大金貨十枚でいいな？」

「もちろんでございます」

ポルーガさんが立ち上がり、深々と一礼した。

「決まりじゃ」

ノブナガはそう言い、席を立って背を向けた。

「ウェバル、行くぞ。時間が惜しい」

「承知した」

「ポルーガ。また来る」

ノブナガは腰につけた革袋の一つに手を入れ、大金貨をテーブルに三十枚置いた。

ああぁっ！　コツコツ貯めてた秘蔵の金貨！

新品のスコップ一式とか種とか肥料を買うためのお金だよ！

なんてことしてくれるの！　ノブナガッ！　ちょっと聞いてるの⁉

私のお金なんですけど⁉

「またのご来店をお待ちしております！」

「うむ」

横目でポルーガさんを見て一つうなずき、ノブナガは風のように商会を後にした。

待つのが苦手なノブナガらしい行動の早さだ。

うむじゃないよ。うむじゃ。

ああ、私のお金が……つらい……勝手に行動するおっさんが中にいるのがつらい……。

あれ？　ちょっと待って……。火縄銃二百丁と楽市楽座のこと、どうやってお母さんに説明すればいいんだろう……。

ああっ……お腹が……急に痛くなってきた。きゅーっときた。私の意識は身体と連動していないから、気持ち的にお腹が痛くなっているだけだと頭ではわかってるけど……なんかすごくお腹が痛い気がする。

「次じゃ」

ノブナガはウェバルさんを引き連れて、孤児院へと向かった。

「ふっ……天下統一への下準備か。君のことだ。銃も何かの意味があるのだろうな。……私も……皇族としてただ生きているだけでなく……リーシャ嬢と……」

後半の言葉はよく聞こえなかったけど、ウェバルさんの評価はなぜか上がっているらしい。

おかしいな。ノブナガが好き勝手やってるだけなんだけど……。

第七章　ランメィル・フォーレスト

ポルーガ商会で火縄銃を二百丁購入したあと、ウェバルさんと孤児院にやってきた。

「……見ると聞くとでは違うな」

ウェバルさんがその様子を見てつぶやく。

孤児院は人であふれかえっていた。

ここ数年で皇族の権威は下がっており、各地で領地を奪い合う小競り合いが起こっている。

自分の住む土地を失った人々が、職を求めて皇都に流れ込んできているらしい。

子どもだけではなく、大人の姿も多く見られる。

職が見つかるまでしばらく滞在させてくれ、と孤児院の責任者に交渉している人が何人もいた。

「これが皇都の実態か……」

ウェバルさんがフードを深くかぶり、悲しそうに言う。

「世情がきな臭い。そこらで戦が起こっているのじゃ」

「各地の貴族から吸い上げた金は皇族がいいように使っている。公費は官僚に抜かれ、現地にはいくばくも残らない。困窮した民を救う場所が孤児院であるのに……この状況は筆舌に尽くしがたいな……」

ウェバルさんが孤児院の広場を見ると、具の少ないスープをする、家を失った人々がいる。食事の配給もままならないみたいだ。皆が悲壮感にあふれ、今日を生きるのもつらそうにしている。

こういうのを目の当たりにすると、胸が痛くなってくるよね……。

自分がいかに恵まれた立場にいるのかわかるよ。

「この半分がトキア家によるものだろうな」

ノブナガはウェバルさんではなく、私に言っているのか、確かめるようにつぶやく。

何度も訪れた孤児院で聞き込み済みだ。

ノブナガの言葉にウェバルさんはうなずいた。

「トキア家は周辺の豪族や、どの貴族にも膝をついていない部族などを武力で併呑している。版図を増やした今、伯爵の地位でありながら、三大公爵家と同等の力を持つと言われている。そんなトキア家に家族を奪われ、住む家を追われた者たちが、ここに集まっている」

「厄介この上ないのう……。武力は上杉武田などを想定したほうがよかろうな」

ノブナガはたまに前世に置き換えて発言することがある。

ウェバルさんは「ウエスギタケダ？」と一瞬だけ首をかしげたが、ノブナガは気にせず孤児院の隅にいた人物を指さした。

「おお、いたぞ。儂はあやつに会いに来たのだ」

ノブナガが歩く先には、黄緑色の髪をした青年がいた。

細長い涼やかな瞳と、薄い唇。

体つきを見なければ男性か女性かわからないような美形の弓士だった。

ウェバルさんが研ぎ澄まされた名剣のようなイケメン剣士とするなら、彼は男性と女性の色香を併せ持った儚げな花のような美形弓士、と言えばいいだろうか。

何にせよ、気軽に声をかけられるような男性ではない。

絶対にお腹が痛くなる。

なるんだけど……。

「おう、蘭丸！　また来たぞ！」

パン屋のおばさんに話しかけるノリで、ノブナガが彼の肩を叩いた。

そういうとこだよ。空気読めないよね……。

「……リーシャ嬢。ランマルではない。ランメィルだ」

手作りの的に矢を撃たせ、少年たちに弓の扱いを教えていたランメィルさんが困惑した口調で顔を上げた。

そんな物憂げな表情もひっそりと咲く一輪の花のように美しい。

彼が貴族だったら、クラスの女子たちは黙っていないだろう。

ちなみに私はお腹が痛い。

勝手にあだ名をつけて、ぐいぐいとランメィルさんに話しかけるノブナガの根性がすごい。

「まあ細かいことを言うな、蘭丸。ほら、金じゃ。子どもを食わせてやれ」

「……感謝する」

「気にするでない。おぬしと儂の仲ではないか」

そう、何を隠そうノブナガは、ランメィルさんが弓の練習をしているところをたまたま発見し、そこからオデッセイ領に来ないかとずっと口説いているのだ。

なぜかと聞いたら『あやつに銃を持たせたら戦局が変わる』と言っていた。

射撃の腕を買っているらしい。

「して、どうじゃ。気は変わったか？」

「すまない。君の家臣になることはできない。その代わり、戦があれば参戦しよう」

「そうかそうか。それは仕方ないのう。ま、いい。金はくれてやる」

「この恩は必ず返すと約束する」

ノブナガとランメィルさんのやり取りを見た少年たちは、「うつけ令嬢がまたフラれた」と笑いながら、お金をもらったことに対して一礼する。彼らの年齢は十から十四歳くらいだ。

妙に慕（した）われているのはなぜだろうか。

出逢った初日に全員とスモウを取って、ぶん投げたからだろうか……。

意外にもノブナガは怒らず、「いずれ蘭丸は儂の家臣になるのじゃ」と豪語していた。

「ところで、そちらの御仁は？」

ランメィルさんが切れ長の瞳をウェバルさんへ向ける。

「こやつはウェバル。友じゃ」

紹介されたウェバルさんはフードは取らず、一礼して、ランメィルさんの背中にかけている弓を見た。

「ウェバルだ。君はひょっとして、フォーレスト一族の者か？」

「……そうだ」

肯定したランメィルさんの顔がわずかに歪んだ。

「もしやと思ったんだが、すまない。不躾(ぶしつけ)だったな」

「……戦に負けたのは我が一族が弱かったからだ。あなたには関係がない」

フォーレスト一族は弓の扱いに長けた一族で、トキア家の北東に位置する森林に領地を持つ豪族だった。

爵位は持っていなかったけど、圧倒的な射撃の技術で数多くの師範を皇国に輩出していた。

だけど、トキア家に言いがかりをつけられて領地を攻められ、領地を追われ、一族のほとんどが戦死したと聞く。ランメィルさんはその生き残りで、子どもたちと一緒に皇都に身を寄せていた。皇都であれば、トキア家も敗残兵狩りなどという野蛮な手出しはできない。

「おぬしほどの男が孤児院で子守りとはもったいないのう」

「この子たちは僕の宝だ。一族の再興のためにも見捨てるわけにはいかない」

「うむ。それでこそ蘭丸よ。ところで、今日は話がしたくて来たのじゃが——」

ノブナガがそこまで言ったところで、孤児院の入り口付近が騒がしくなった。

声のする方向を見ると、人ごみが半分に割れ、その間を堂々とした足取りでオクタヴィア嬢の従士である、糸目女子のポロミが歩いてきた。

彼女の家はたしか男爵位を持っていたよね。

今は学院にいるときとは違ってメイクをし、リボンがふんだんに装飾されたドレスを着ていた。普段着は派手なんですね……。

彼女の背後にはトキア家に属する男女が十二人で隊列を組んでいる。

皆、若い。全員十代だ。

おそらくトキア家に所属する武官や文官の子どもたちだろう。

護衛の目的でポロミが連れてきているのかもしれない。

それか単に見せびらかしたいだけかな？

「ほう。あれは性悪女の子分か」

ノブナガが面白いことになった、と目を細める。

なんかいや～な予感がする……。

ポロミはランメィルさんを見つけると、嬉々とした表情を浮かべ、次に私がいるのを見て驚き、細い目を吊り上げて近づいてきた。

「うつけ令嬢。ランメィルに何の用？」

げっ。急に突っかかってきた。

ランメィルさんはポロミと知り合いなのか、苦い顔をしている。

ノブナガは何も気にせず、小バエでも飛んできたように手を振った。

「ランメィルは儂が口説いておるのだ。失せろ」

しっしとポロミに向かって右手を振るノブナガ。

そんな火に油を注ぐようなことしないでほしい。これ、絶対いざこざになるよ。

「く、口説いているですって？　まさかとは思うけど、ランメィルを卒業パーティーに連れて行こうとしているの？」

「そうじゃと言ったら？」

待って。全然そんなつもりないよね？

　ランメイルさんも「え？」みたいな顔してるし。

「ランメイルはこの私と卒業パーティーに行くのよ。うつけ令嬢は黙ってろ」

「ほう、そうなのか？　蘭丸。本当か？」

　ノブナガが顔を向けると、ランメイルさんが顔を伏せた。

「……約束した覚えはない」

「私の配下に加われば、元フォーレスト領の一部をあなたにあげるわ。今後、相応しい働きをしたら領地をあなたに返還してもいい。私のお父様がトキア家から領地をいただいたこと、忘れたの？」

「……この子たちの件はどうなった？」

「あなたが面倒を見ればいいでしょう？　私の配下になれば安定した給金を出してあげる」

「そうではない。安全を保証してほしい。我々、フォーレストはトキア兵を多く射殺した。恨みを持っている連中も多い」

「私が口利きしてあげる。オクタヴィア様もあなたの願いなら邪険にしないはずよ。だって、私はもともとフォーレスト一族の領地に攻め入るのは反対だったんだもの」

「……そうか」

ランメィルさんがちらりと少年たちを見る。

少年たちはランメィルさんの感情を感じ取ったのか、手作りの弓を握り、不安げにこちらを見ていた。

なるほどね。ランメィルさんはポロミからも勧誘されていたのか。

自分の一族を攻めたトキア家に下ることが、彼の決断を鈍らせているみたいだ。

それでも、故郷に戻れるという甘い囁きは効果てきめんだ。私だって、もし故郷を追われ、明日も見えない生活に身をやつしていたら、この誘いを魅力的だと感じてしまう。

「蘭丸、騙されるな。こやつはおぬしを飼い殺しにするつもりぞ。弓の腕前とその美貌がほしいだけよ」

二人の間にノブナガが割り込み、したり顔で言った。

「黙れうつけ令嬢！　邪魔よ！」

ポロミが肩を押してくる。

彼女は背が低く、トキア家で商売を取り仕切っているため、あまり鍛えていないらしい。

押されたノブナガは予期していたのか、びくともしなかった。

私でも平気だけど、ノブナガは身体の使い方が上手い。

ノブナガはポロミの手を跳ね除け、ランメィルさんを見る。

「蘭丸よ。我が織田領ならば子どもらの安全は保証される。そしておぬしが武功を上げれば信賞必罰（しんしょうひつばつ）の法に則（のっと）り、褒美は取らせよう。望めば、元フォーレスト一族の領地も与えよう」

「……リーシャ嬢。それは……」

ランメィルさんが驚いたのか短く息を吐いた。

ノブナガはトキア家の領地でも、武功を立てればくれてやると言っている。トキア家に対する明らかな挑発だ。

恐ろしいのは、ノブナガが本気なところだ。

天下統一を目標にしているノブナガにとって、トキア家の領地も将来的な考えで自領地としてカウントしている。

「ランメィルは私の物だ！」

ポロミが悲鳴のような声を上げた。

さすがに騒ぎすぎたよね。貴族の争いだと思われているのか、孤児院にいる面々が遠巻きにこちらを見ている。

注目されているせいで無駄に緊張してきた。

ランメィルさんが面倒を見ている少年たちは、ランメィルさんの後ろに控え、ポロミを憎む視線を送っている。

「じじいみたいなしゃべり方で私たちを混乱させるつもりでしょうが、あなたの本性は陰湿だと皇都中が知っている！　オクタヴィア様に対する数々の嫌がらせも含めてね！　ランメィル。こんな女の言うことは聞くんじゃないわ！」

「蘭丸と先に話していたのは儂じゃ。おぬしこそ黙っとれ」

「そのおかしなしゃべり方をやめろ！」

「ふん。そこまで言うなら、勝負でもするか」

ノブナガが悪そうな顔つきで、口の端を上げた。

自分がどんな顔をしているのかわからないけど、ポロミがこちらを見て「うっ」と一歩引いた。

あの……人の身体で凄みのある顔をするの、やめてもらっていいですかね？

本当に結婚相手が見つからなくなるよ……。

「おぬしが連れてきた兵士十二名と、こちらにいる少年弓兵六名と儂で喧嘩じゃ。

勝ったら今日、ランメィルと交渉する権利を得る」

「は？」

「儂とおぬしが大将で、どちらかの膝を地につけたら勝ちでどうじゃ？」

「……」

「どうした。逃げるのか？」

ポロミは自分の背後に控えている十二人の部下と、少年たちを見て、勝ちを確信したように口を歪めた。

「……いいでしょう」

「決まりじゃ。刃物はナシ。五分後、そこでやるぞ」

ノブナガが孤児院の広場を顎でしゃくる。

いつの間にか、私たちを中心に人垣ができていて、広場が空いていた。

「リーシャ嬢、待ってくれ。あまりに不利だ」

会話の合間を見計らって、ランメィルさんが声を上げた。

「見ておれ。おぬしを織田家に士官させたくしてやる」

ノブナガがにっといい笑顔を向ける。

何度も言うけどオデッセイね！　オダ家が浸透したらいやだからね！

「わかったわかった。オデッセイ家に、じゃ。それに見てみい。おぬしの一族はやる気じゃぞ」

少年六名は凜々しい顔つきだ。

トキア家に恨みがあるようだが、一番の理由はランメイルさんを慕っているからだと、目を見るとわかる。

ポロミが「馬鹿な女。本物のうつけね」と言って、部下を連れて広場へ移動する。

「よく考えろ蘭丸。あほうは向こうじゃ」

ノブナガが悪そうな笑みを浮かべる。

「あやつはトキア家の看板を背負って戦いを挑むんじゃ。ここで喧嘩に負けたら、トキア家がオダ……オデッセイ家に負けたことになる。一矢報いることができるぞ。それに、儂らが負けても、うつけ令嬢があほうなことをしたと噂されるくらいで痛手はない」

「……大した智謀だ。断られないように、わざと不利な条件にしたのだな？」

背後に佇んでいたウェバルさんが、感心したような声を上げた。

「そうじゃ。ま、作戦はある」

ノブナガがウェバルさんを見て笑う。

ランメィルさんは少し悩んでいたが、少年たちに「やらせてください」と頼まれて、渋々うなずいた。

「いいだろう、リーシャ嬢。だが、勝っても私はオデッセイ家に士官しない。あなたをまだ信用したわけではない」

「それくらい慎重なほうがよいわ。あとで裏切られてはかなわん」

裏切られて、と言ったノブナガの語気がめずらしく小さかった。

確か、ミツヒデとかいう部下に裏切られてノブナガは死んじゃったんだよね。一度殺されているわけだから、裏切りに敏感になるのは無理もない。ちょっとノブナガがかわいそうだ。

「友として助太刀しよう」

ウェバルさんが一歩前へ出て、佩いた剣の柄を叩いた。

「おぬしはかなりの使い手じゃろう？　すぐに終わってしまう。見ておれ」

「参加させてくれ。リーシャ嬢に何かあっては皇国の損失となる」

「これは儂らだけでやらねば意味がない」

強く言うノブナガに、ウェバルさんも不承不承納得し、「向こうがおかしな行動をした場合、即座に介入する」と言って、引き下がった。

「それで、作戦とは？」

ランメイルさんの質問に、ノブナガは手招きをした。

「ちいと来い」

ノブナガが呼ぶと、六人の弓を持った少年たちが並んだ。

皆、目元が涼やかで美形だ。ランメイルさんほどではないけど。

フォーレスト一族の特徴なのかもしれない。

ノブナガは何を考えているのか、腰につけた革袋から銅貨と銀貨を合わせて三十枚取り出し、その二割を六人に配った。

「あの……リーシャ嬢、これは？」

十四歳前後に見える年長の少年が、手のひらに乗せられた銅貨を見て困惑する。

ノブナガはいつになく真剣な調子で表情を引き締め、全員の目を覗き込むようにして一人ずつ見つめた。

「よう聞け。これからおぬしらは一時的にオデッセイ家の兵になる。今渡した銭に加え、働き具合を見極めて、それに見合った褒美をやろう。いつまでも蘭丸に食わせてもらっていては男がすたるぞ。褒美がほしければ必死に働け」

やっぱり、ノブナガは人をその気にさせるのが上手い。

少年たちの目つきが変わった。

「周りを見ろ」

ノブナガは年長の少年の肩に腕を回し、引き寄せて視線を周囲へと向けさせた。

少年が顔を赤くし、困った目をランメィルさんへ向けたけど、彼はあきらめたように首を横に振る。

ノブナガが女性らしからぬ行動をするのは今に始まった話ではないと言いたげだった。

「野次馬が集まっている。これでトキア家は負けたあとの言い訳ができぬ」

孤児院の広場を取り囲むようにして観戦者が集まってきている。

私たちの会話を盗み聞きしていたのか、トキア家の従士ポロミと、辺境伯のうつけ令嬢が喧嘩をすると広まっていた。

「民衆の前でトキア家に勝てば、フォーレスト家の名誉は挽回される。儂らは失うものは何もなく、相手は小勢に負ければ面目丸つぶれ。痛快ではないか」

ノブナガが年長の少年から離れる。

「冷静に観察せよ。相手の兵士たちはきれいな顔をしておるじゃろ？　あやつら、いいとこの家の子どもで実戦経験が一度もないな。何より、この喧嘩を舐めてかかっておる」

ポロミを最後列に、六人、六人の隊列を組んだ部下たちは、こちらを小馬鹿にした顔をしている。見たところ、年齢は十三から十六歳といったところだ。

身体つきもバラバラで、ノブナガの言う通り、騎士爵持ちの子どもとか、金持ち商人の子とか、そんな風体だ。多少は武芸のたしなみがあるみたいだけど、歴戦勇士の貫禄がある人は皆無だ。

そう言われると……何となく勝てそうな気がしてくるね。

彼らは剣の柄に紐を結んで固定し、鞘をつけた状態で使うつもりらしい。皆が鞘つきの剣を持っている。

少年たちが頰を紅潮させてうなずいた。

ノブナガはざっくりとした作戦を伝え、最後に謎の行動に出た。

「見ろ」

右手を握り、全員にゆっくりと見せつけると、いきなりドンと音が鳴るくらい強く、ナイフを突き刺すみたいにして胸を叩いた。

年長の少年が胸の左側を押さえて咳き込んだ。

ランメィルさんとウェバルさんが困惑する中、それを次々と行い、少年全員を叩く。

やがてノブナガは満足すると、悪役がぴったりな悪そうな笑顔を作った。

「おぬしたちは今、短刀で刺されて死んだ。戦のコツというのは己は一度死んだと思い込むことじゃ。そうすれば痛みも大したことはないし、本当に死んでしまっても、もう死んでいるから損はない」

とんでもない理論だけど、少年たちは胸を押さえたまま、黙ってうなずいた。

覚悟が決まったらしい。

ノブナガが言うと妙な説得力があるよね……。

私が言っていることになってるのが大問題だけど。

やがて時間となり、孤児院の広場にポロミと十二名の部下と、ノブナガとフォーレスト一族の少年兵六名が対峙した。

早くも周囲からトキア家を批難するヤジが飛んでいる。

ここにいる多くの人はトキア家に割を食わされた人たちだ。

ランメィルさんとウェバルさんは後方に下がって、喧嘩を観戦するようだ。

「仕方なく戦ってあげるのだから感謝してほしいわ」

ポロミがリボンがこれでもかとついたドレスを揺らし、こちらを睨む。

「喧嘩じゃ！」

「行きなさい！」

ノブナガとポロミの号令で喧嘩が始まった。

周囲は野太い声の興奮と歓声に包まれた。

◯

敵六名が駆け出した。

「放て！」

ノブナガの号令と同時に少年たちが弓を構え、矢を放った。

ポロミの部下たちは「え？」と意表を突かれて足が止まる。

矢じりには布が巻かれ、刺さったりしないよう配慮されていた。

「わははははっ！　刃物禁止と言ったが矢が禁止とは言ってないぞ！」

腕を組んでノブナガが大笑いする。

飛んでいった矢は見事に六人の眉間に当たり、駆け出した勢いも相まって倒れた。

「ぶっ叩け！」

少年兵六名が用意していた木刀で容赦なく倒れたポロミの部下を殴りつける。

全員が悲鳴のような声を上げ、打たれ強い部下は芋虫のように転がって逃げる。

「な、何をしているの！　あなたたちも行きなさい！」

ポロミの命令で残りの五名が駆け出す。一番体格のいい男はポロミの護衛につくらしい。

向こうは出鼻をくじかれたせいで、当初の余裕ぶりは消えていた。

「リーシャよ。戦で重要なものは士気じゃ」

ノブナガが戦いを見守りながら、私に話しかける。

士気？　やる気ってこと？

「そうじゃ。小僧どもには一度死んだと思い込ませている。ランメィルに恩を返すという強い目的もある。怖いもの知らずじゃ」

見ろ、と指差すと、少年兵とポロミの部下が取っ組み合って殴り合っているが、体格差があるにもかかわらず、少年兵が優勢だ。鬼気迫るものを感じる。普通に怖い。

「糸目女の連れてきた連中はダメじゃ。どいつもこいつも腑抜け（ふぬ）よ」

周囲の野次馬は顔を真っ赤にし、「やれ～！」「そこだ！」という歓声を飛ばしている。

そうこうしているうちに、ポロミの部下は二名が失神し、三名が戦意喪失、四名が逃走した。

顔を腫らして逃げる様子は滑稽(こっけい)だった。

トキア家をよく思ってない野次馬からは笑いと拍手が起こる。

一方、こちらの脱落者は一名だけだ。

向こうの残った二人が剣術をある程度使えて善戦しているが、五対二なので明らかにこちらが優勢だ。

このままなら勝てそうだ。

「ブブル、あなたも行きなさい！」

そう思ったところで、ポロミが護衛につけていた身長百九十センチはある青年を送り込んできた。

対応に向かった少年の一人が木刀で何度か打ち合い、豪快にふっ飛ばされた。

「ほう。やるではないか」

ノブナガが楽しそうに目を細める。

いや何を呑気に！　あの体格差は反則じゃない⁉

飛ばされた彼は大丈夫かな？

「なぁに、死んでもともと。このままでも勝てそうじゃが……どれ、儂が行ってやる」

あなた血も涙もないね⁉

というか行くってどういうこと。まさか……あの大男と殴り合うとかじゃないよね？

「あんなのと殴り合ってどうする。女の細腕では負けるわい」

そう言いながら、ノブナガは駆け出した。

いきなり大将が走り出したので、ポロミとブブルがぎょっとした顔つきになる。

「大将が戦わぬと誰が決めた！」

待って待って待って！　無謀なことをしないでえぇぇぇっ！

叫んでもノブナガは止まらない。

ブブルの前に躍り出ると、彼の鞘つき剣を半歩ずれてかわし、革袋に入れていた何かを投げつけた。

ブブルの顔に当たると弾け、赤い粉末を撒き散らす。

「唐辛子じゃ。痛いぞ～」

ブブルは剣を放り投げ、目を両手で押さえて地面を転げ回った。

ノブナガは楽しそうに笑う。

本当に容赦ないね……。というか、そんなものまで持ち歩いているの？

「リーシャ嬢……」

「勝つためには必要か」

ランメイルさんがちょっと引き、ウェバルさんは感心している。

ウェバルさんの反応が予想の斜め上あたりをいつもいくから、私はそれに驚くよ。

「さて、大将同士の一騎打ちじゃ」

ノブナガがにやりと笑い、ポロミの前に立った。

「あ、あなた卑怯よ！　正々堂々と戦いなさい！」

ポロミが目を吊り上げる。

「戦に卑怯もへチマもないわ。負けるほうが悪い」

「このうつけ令嬢！　あんたなんか大人しく私たちに利用されていればよかったのよ！　でしゃばりすぎよ！」

「利用？　だーれが大人しく利用されてやるか、あほうめ」

ノブナガが一歩近づくと、ポロミがキッとこちらを睨み、スカートをからげて太ももに携帯していたナイフを持って突進してきた。

ええええええっ！

刃物禁止じゃないの⁉

「約束も守れんとは貴族と呼べんのう」

ノブナガはひらりと避けて、ポロミのベルトをつかんで豪快にウワテ投げを決めた。

結構な勢いで宙を飛び、ポロミが地面を滑るようにして転がる。

しんと場が静まり、次に大歓声が起きた。

戦っていた少年たちとポロミの部下は、ポロミが倒れていることに気づき、一瞬ぽかんと口を開ける。

「オダ……じゃなくて、オデッセイ家とフォーレスト一族の勝利じゃ！」

ノブナガが手を突き上げて勝どきを上げると、少年たちも「うおおお！」と雄叫びを上げた。野次馬から拍手が起きた。

ポロミの部下は悔しそうな顔をし、ウワテ投げをされたポロミへと駆け寄る。

「オデッセイ家はトキア家に勝った！　身一つでのし上がりたい者、腕のある者は我が領地へ来い！　いい思いをさせてやる！」

そういうことか……。

喧嘩をふっかけたのは、オデッセイ家は強いという印象を持たせるためか。

トキア家に滅ぼされた一族とかは、オデッセイ家に仕官してくれるかもしれない。

「リーシャ嬢！」

勝った余韻を味わっているところでウェバルさんが駆け寄り、目にも留まらぬ早さで剣を抜いた。

次の瞬間、金属の擦れる音が響く。

見ると、ブブルが赤い目で睨み、剣を振り下ろしていた。

ブブルが剣を押し込むけど、ウェバルさんは動揺せずに前蹴りをお見舞いした。

「無粋な。これ以上やるなら斬るぞ」

し……し……心臓が飛び出るかと思ったよ……。

ブブルは太刀打ちできないと思ったのか、お腹を押さえてポロミのそばへと引いていく。

「さすがウェバル。助かったぞ」

「リーシャ嬢……見えていたか？」

「全然見えておらんかった」

気をつけてね？　ウェバルさんがいなかったら斬られてたよ？

「こちらも終わったぞ」

横を見ると、矢を放って残心しているランメィルさんがいた。

終わったってどういうこと？

「ポロミの部下だろう。奥で弓をリーシャ嬢に向けていた」

え？　え？　本当ですか？

ランメィルさんが矢を放ったであろう先に目を凝らすと、建物の屋根に人影があり、手の甲に矢が刺さり、悶絶している男の姿が見えた。

「アレに当てたのか？」

ノブナガがランメィルに聞く。

「そんなに難しくない」

相当な距離がありますけど……。

「蘭丸よ、さすがじゃ。おぬしが銃を持てば活躍は間違いない」

「リーシャ嬢、屋根上の敵に気づいていただろう？」

「なんのことかわからんな」

ランメィルさんのじっとりした視線を受け、ノブナガが肩をすくめる。

そしてノブナガはポロミへと近づき、高慢な顔つきで腕を組んだ。

「儂の勝ちじゃ。人数はそっちのほうが多かったのに残念じゃのう」

「このっ……このぉ……」

「性悪女はトキア家の名声を下げたと怒るだろうなぁ」

「オクタヴィアお嬢様なら……こんなことでお怒りにならないわ……」

そう言いつつも、ポロミはふらふらと立ち上がる自分の部下たちを見て顔をしかめ、周囲の野次馬からは「いい負けっぷりだったぞ～」と言われて、口の端を噛んだ。

「火をかけられた恨みは多少薄れたわい」

ああ、なるほど。それを恨んでいたわけね。

そう言われると、別にポロミが痛い目をみてもなんとも思わないね。

人が閉じ込められている馬小屋に火をつける嗜虐心の持ち主だ。少しはこれに懲りて大人しくなってほしいものだよ。

「ランメィルとの交渉は儂がする。うぬは早く消えろ」

ノブナガがポロミに向かって宣言する。

ポロミは心底悔しそうな表情で何度かランメィルさんを見てから、部下たちと去っていった。周囲の野次馬も解散する。去り際に何人かが「うつけ令嬢は舞台に出てくる悪役みたいな顔つきだな」と言っていたのが気になった。

ノブナガの行動と悪そうな笑い方のせいだよ……。

「リーシャ嬢、見事だった」

ウェバルさんが爽やかな笑顔でねぎらいの言葉をくれる。

「……勝ってしまうとはな。正直、胸がすく思いだ。ポロミにはずっと付きまとわれていて困っていた。戦場でも、あれの母が私の父を追いかけまわしていたんだ。幸いにも父は高名な騎士との一騎打ちで名誉ある戦死をしたが……」

ランメィルさんはさっきまでちょっと引いていたけど、負けたポロミの背中を見て、スカッとしたと言いたげな顔をしている。どんな顔をしていても涼やかなイケメンだ。

少年兵たちも顔中あざだらけだけど、やりきった顔をして並んでいる。

ノブナガは勇ましく戦った少年たちに約束通り働き分のお金をあげ、喧嘩における簡単なアドバイスをした。

「さて、蘭丸よ。あらためて話をしようぞ」

「……そうだな。約束だ」

ランメィルさんが神妙にうなずき、こちらの言葉を待つ。

「——いかん。時間じゃ」

ノブナガがいきなりそんなことを言うと、ふっと意識が身体と結びつくのを感じた。

何度かまばたきをして右手を顔を前に持ってくる。

前をしっかり見ると、ランメィルさんと視線が合った。

って……このタイミングで交代しちゃったの⁉

ちょっとノブナガ！　もう一度身体を貸すから戻って！

『店じまいじゃ』

閉店とか言ってる場合じゃないよ～～～～。

『リーシャよ、蘭丸を口説け。儂は寝る』

いくらなんでも間が悪すぎるぅぅ！

私だってランメィルさんほどの弓士が領地に来てくれたら嬉しいけど、口説くとかそんなこと無理だ。

絶対にうまくしゃべれない。

とりあえずポニーテールから元の髪型に戻し、前髪で目元を隠して……。

「リーシャ嬢?」

私が急に髪型を変えたから、ランメイルさんが目を覗き込んできた。

素早く目を逸して考える。

どうしよう……。口説くのはノブナガにまかせるしかないから……とにかく印象を少しでも良くする努力をすべきじゃないだろうか。

それに、先ほどからずっと気になっていることがあった。

私はブブルに吹き飛ばされた少年の前へ行き、その腕をじっと眺めた。

「あの、何か?」

「……腕を」

どうにか声を絞り出し、少年の腕から流れている血をハンカチで拭き取った。

見たところ骨に異常はなさそうだ。

折れていたらもっと痛がるはずだし、腫れるんだよね。

革袋に入れている止血用の薬草を三枚出し、ぺたりと縦に貼り付けて、ノブナガがベルトにさしていた短刀を引き抜いて、着ていたスカートの裾を切って、包帯代わりに彼の腕へ巻いた。

「あの……高価なお召し物が……そこまでしていただかなくても……」

「……」

困惑する少年は無視して、黙って治療していく。

初対面の、イケメンな弓士ボーイさんと話すとか、私には敷居が高すぎる。

お腹ぎゅるぎゅる案件だ。

「使うか？　口はつけていない」

ウェバルさんが持っていた水筒を差し出してくれた。

さすがは草の友。

心優しい人だ。

ありがたく受け取って、他の怪我している少年たちの傷口を洗い、手当てをし、彼らの服についた土を払った。間が持たないから、丁寧に、それこそメイドのように彼らの服を整えた。

そのせいで手は汚れたし、切ったせいでスカートの裾がほつれて歪んでしまったけど、別にそんなのは構わない。

手当てをしないと化膿する場合もあるし、何よりしゃべらなくていいから助かる。

ちらっとランメィルさんを見ると驚いた顔をしていて、ウェバルさんは「さすがリーシャ嬢」とうなずいていた。

はい、治療は終わりました。

服も整えてあげました。

ランメィルさん、ウェバルさん、少年たちは私の言葉を待っているのか、じっとこちらを見てくる。

「……」

こんな至近距離で複数人に注目されると顔が熱くなって、お腹が張り裂けんばかりにぎゅるぎゅるしてくる。助けてください。誰か助けてください。

ノブナガはこういうときだけは黙ったままだ。寝てるとか嘘じゃない？

ノブナガ～！　おおい！　聞こえてるの⁉

……まったくもって返事がない。

ああっ、このまま帰っていいですかね……？

もう一度、ランメィルさんを見ると、何か期待のこもった目を向けられた。

あああっ、ダメですよね……。

何を言えばいいんだろう。

ひとまず治療した言い訳でもしておけばいいかもしれない。許可なく勝手に少年たちに触れてしまったし、ランメィルさんは少年たちとはおそらく血は繋がっていないと思うんだけど、同じ一族だから、それこそ家族のように大切にしているみたいだった。

ノブナガが孤児院に来ると、ランメイルさんはいつも彼らの心配をしていた。

お金を渡していたのはノブナガの下心だったかもしれないけど、ノブナガの行いにはめずらしく感動していたのだ。私のお小遣いをランメイルさんに渡すのはちっともいやじゃなかった。

「……家族、ですから……」

そう、ランメイルさんにとって彼らは家族と同等に大切だ。

だから勝手に治療したことは許してほしい。

私の言葉を聞いたランメイルさんは目を大きく見開き、少年たちを見た。

少年たちは、なぜか目をキラキラとさせてこちらを見てくる。

おかしいな……。ランメイルさんの性格なら、「治療は感謝する。だが、家臣にはならない」とか、そういう言葉が出てくると思っていた。

な……なにかまずいことを言っちゃったんだろうか……？

「リーシャ嬢」

「……っ！　は、はい……」

ランメィルさんの真剣な口調に声が上ずってしまう。

「私は、あなたを勘違いしていたようだ……。あなたもトキア家と同じで、私を利用したいだけの女性だと思っていた」

「……」

「うつけを演じているのは、相手を油断させるためなのだな？」

え？　違います……。

ノブナガが勝手にやってることです……。

「リーシャ嬢は聡明な女性だ」

何も言えずに黙っていると、ウェバルさんが背後から肯定的な補足をする。

「あなたほどの剣士がそう言うか」

二人が見つめ合って、何かを視線で交換する。

ランメィルさんはおもむろにうなずき、しばらく考えると、背にかけていた弓を外して地面に置き、膝をついた。

「家族と言ってもらえるならば、私はあなたについていこう。フォーレスト一族の領地を取り戻したい」

へ……？

何か物凄い勘違いをされている気がするんだけど……。

家族っていうのはランメィルと少年たちのことを言ってですね……。

ランメィルさんに続いて、少年たちも膝をつく。

あれ？　な、なにがどうなっているんだろ？

どこで食い違ったのかわからない。

とにかく、私ごときに膝をつくのは居心地が悪いからやめてほしい。

あわててランメィルさんの肩に触れる。

どうか立ってほしい。詳しい話はノブナガがするから、ね？

「立って…………ね？」

私が曖昧な笑みを浮かべると、ランメィルさんは顔を上げて何やら感激した表情になった。

「……ありがとうリーシャ嬢。あなたは優しい人なのだな」

それはどうだろうか……。

極度の上がり症で口下手なだけなんですが……。

立ち上がると、ランメィルさんと少年たちも立ち上がった。

説明しようにも、長々と誤解を解くような文面を話す技術など私にはない。

偶然か勘違いか、よくわからないまま、私は目元が涼やかな美形弓士、ランメイルさんを仲間にしたのだった。

第八章　忍び寄る戦火

「リーシャ様、ナタネをふるいで精選しました。いかがですか？」

ランメイルさんを仲間にしてから一ヶ月と一週間。

彼は私の従士になってくれ、学院にあるオデッセイ辺境伯家専用の部屋に住んでくれている。

これでも辺境伯令嬢なので、部屋は全部で五つあるから、一部屋くらい貸しても問題ない。ランメイルさんに一部屋、フォーレスト一族の少年六名に一部屋を貸し出していた。

一つ問題なのは、私が移動するとき、ランメイルさんが必ずついてくることだ。

周囲からは私が美形弓士を連れ回しているように見られているらしく、令嬢たちからの目がそれはもう厳しいものになっている。ノブナガと入れ替わっているときなんか「蘭丸は愛いやつじゃ」とか偉そうに言うから、悪役ここに極まれりといった様相だ。

特に、ポロミの私を見る目は射殺さんばかりのものだ。

『糸目女の顔は傑作じゃな』

ノブナガは悔しがるポロミを思い出したのか、爆笑している。

相変わらず性格が悪いね……。

ちなみに、オクタヴィア嬢は私に対しての興味を失っているらしく、あまり目が合わない。多分だけど、私を悪役に仕立てあげてユウリ殿下を手に入れるという目的が達成されたのと、放っておいても勝手にうつけ令嬢を演じてくれると思っているからだと推察している。

うつけ令嬢と呼ばれるのは九割以上ノブナガのせいだ。

「……これで……いいかな」

気を取り直し、細かい網目のふるいにかけたナタネを見て、私はうなずいた。

一ヶ月と一週間、毎日ランメィルさんと顔を合わせているので、さすがの私でもちょっと慣れてきた。短かいやり取りならあまり緊張せずにできるようになった。

「では、先日作った装置で搾油して参ります」

ランメィルさんが微笑を浮かべて一礼し、ナタネの実験室と化しているキッチンへと移動した。

いつ見ても思うけど……美青年と美少女を足して二で割ったような、凛とした美貌を持つランメィルさんの笑顔は心臓に悪い。

しかもこの笑顔は私にしか向けないから、令嬢たちのやっかみを余計に買うんだよね。

学院で何度か令嬢に話しかけられていたけど、無表情で「興味ありません」と言うだけだからなぁ……。愛想を振りまくような人でもないから仕方ないけど。

「お嬢様も従士を持たれるとは素晴らしいことでございます」

ヒラリばあやはここのところ、ずっとご機嫌だ。

『蘭丸に執事服を着させるとは、このばあさん、やるではないか』

ノブナガもご満悦だ。

確かに、ランメィルさんの執事服姿は大変素晴らしいものだ。

ナタネから油を取る方法は、ランメィルさんが従士になってくれてから大幅に前進した。ある程度の成果を出せているので、領地に帰って大きな装置を作れば量産できる……と、思う。

ナタネをどの程度乾燥させるか、炒る時間、砕く強さなど、試行錯誤を重ねた結果だ。

よく考えたらナタネをいじくり回している私も結構なうつけかもしれない。

『あとは精製して油を無色透明にすればよい』

ノブナガがある程度の知識を持ってくれていたのも、成功理由の一つだ。

『油が流通するのが楽しみじゃ！　性悪女の悔しがる顔が早く見たいわい！』

上手く量産できれば、このナタネ油は爆発的な人気が出るだろう。

灯りとして燃やしてもほとんど煙が出ないし、安価に販売できる。

トキア家が販売しているエゴマ油は廃れるに違いない。

ちょっとした革命が起きそうなことを想像して、若干お腹が痛くなってくる。

待って……私、とんでもないことをしようとしているのでは……？

『気にするな。商売とは常に新しい物を生み出すことじゃぞ』

ノブナガが世の真理みたいなことを言った。

言われてみれば新しいものが流行すると、古いものは忘れ去られていくよね。

『そうじゃ。おぬしは何も悪いことはしておらん。むしろ、この世界にいる民に便利なものを提供している』

そう言われると、前向きになれるね。ありがとう。

「ところでお嬢様、卒業パーティーはどうなさるのですか？」

ヒラリばあやが一日に三回は聞いてくる質問をしてきた。

あー、逃げていたけどそろそろ決めないとね……。

「パートナーはランメィルにしましょう。フォーレスト一族の分家出身で長男ならば、血筋として問題ございません。さすがに領地も爵位も持たないので婚約者には不向きですが、パートナーならば及第点でございましょう。見た目も良いですから」

「うーん……それはちょっとね」

ランメィルさんを卒業パーティーに引っ張り出すのは申し訳ない気がする。

彼は私の便利屋ではない。

大切な仲間であり、家臣だ。

『次期当主としての自覚が出てきたではないか』

ノブナガが感心した声を上げる。

まあ、うん。何か重大な勘違いをさせてしまったみたいだし、家族だと思って接しているよ。私たちが責任を持って面倒を見てあげないとね。領地を取り返すのは無理だと思うけど。

「お嬢様。ランメィルにしましょう。ランメィルも喜ぶと思いますよ？」

ヒラリばあやが一歩詰め寄る。

「喜ぶのは優しいからだよ。私に気を遣ってくれるでしょ」

「はぁ～、お嬢様は何もわかっておられませんね……」

ヒラリばあやは呆れたようにため息を吐いた。

いやいや、ランメィルさんが優しい人なのは周知の事実でしょう。私がお願いしたら嫌とは言わないよ。

「ランメィルがダメなら誰をパートナーにするのです？　あと三週間しかないのですよ？」

「一人で行く……のはダメだよね？」

「とんでもない！　オデッセイ家末代までの恥になります！　何より、奥様がお怒りになるでしょう！」

ヒラリばあやはお母さんの怒った顔を思い出したのか、両手で自分を抱いて「ああ、神よ……」と祈り始めた。

『やはり、ウェバルじゃな』

ノブナガがウェバルさんを推薦してくる。

「ウェバル様はどうされたのですか？　よくお会いしているのですよね？」

ヒラリばあやも同じことを言ってきた。

ウェバルさんとは学院の乗馬場や公園では会わなくなったけど、皇都郊外に馬で遠乗りをしたりして、週一回くらい会っている。草の友なので割と話しやすい。図書館司書アガサさんくらい話しやすい。長文は話せないけど。

「ウェバルさんは草の友だからナシかな。学院の卒業パーティーに誘ったら迷惑だよ」

「お嬢様も強情ですねぇ。そういえば、ウェバル様にご身分を確認されたのですか？　まずはそこが重要でございます。あれほどの美貌でも平民となると、パーティーの参加は難しいですからね」

貴族社会は面倒くさい。

「何となく、聞けない雰囲気なんだよね」

「そうなのですか。それではあまり無理は言えませんね」

「うん。草の友になってくれただけでもありがたいよ」

「しかし……もったいないですね……。お嬢様のことを理解してくれ、聡明であり、妙齢で、剣の腕も立ち、見た目も良い。あとは身分が……身分が……くううっ！」

ヒラリばあやが両拳を握りしめた。

本気で惜しいと思っているみたいだ。

うーん。こうなったら、アガサさんにお願いしてみようかな。

学院の教職員は最終手段だけど、パートナーが誰もいないよりは遥かにマシだ。

『おぬしも行動的になったのう』

ノブナガが面白そうに言う。

誰のせいなのか、小一時間くらい問いつめたい。

「大図書館に行ってくるよ」

ヒラリばあやに伝えて、私は部屋を出た。

○

大図書館の司書室をノックすると、渋みのある声が返ってきた。

静かにドアを開ける。

「散らかっていてすまないね」

ロマンスグレーのダンディな男性、アガサさんが、トランクに物を詰めながら柔らかい笑みを向けてくれた。

旅行にでも行くんだろうか。

司書室に本が散乱しているのを初めて見た。

サザンビーク伯爵家のご隠居殿であるアガサさんは、相変わらず知的で素敵な男性だ。

彼は「待ってくれたまえ」と言って、ある程度荷物を整理してから、私に席を勧めてくれた。

「……失礼します」

丁寧に頭を下げて、勧められた椅子に座る。

「その様子だと、何か重要な話かな？」

「……はい」

アガサさんを誘おうと思いつきで行動したけど、よく考えたら、かなり失礼じゃない？

伯爵家のご隠居様に、こんな小娘のパートナーを依頼するとか……ちょっとどころか、だいぶ迷惑をかける気がするよ……。

私が黙っていると、アガサさんが目を優しく細め、紙とペンを差し出してきた。文章なら説明できる。ご厚意に甘えてペンをお借りし、事の経緯を説明して、へりくだってお願いしてみた。

『目の前におるのに文通！　何度見ても面倒くさい女じゃのう！』

ノブナガはちょっと黙っててね。大きい声を出されると書き間違えるから。

書き終わった紙を渡すと、アガサさんが静かに読んでくれ、読み終わると申し訳なさそうに眉根を下げた。

「魅力的なお誘いだが私は参加できない。すまないね」

やっぱりダメか。そうだよね……。

「そんな顔をしないでくれたまえ。実はね、今日の夜に領地へ帰るつもりだ。君には挨拶をしたいと思っていたんだ」

「え……？」

「機密情報だが――」

アガサさんが顔を寄せ、小声になる。

「サザンビーク家とトキア家は戦争になるかもしれない」

あまりの衝撃に息を呑んだ。

『ほう、攻められるか』

ノブナガが興味深いな、と声を上げる。

「トキア家の南部にあるゲーレ砦に兵士が集まっているとの情報が入ってきた。オクタヴィア・トキアに探りを入れてみたが、さすがにあの令嬢は口を滑らせなかったよ。むしろ誤報だと丸め込まれそうになってね……リーシャ嬢の情報がなかったら、正義感あふれる女の子だと一生勘違いしていたところだ」

馬小屋で見た、オクタヴィア嬢のあの顔が脳裏をよぎる。

彼女の本性は私しか知らない。

「……なぜ……戦争に……？」

「サザンビーク家とトキア家とは昔から鉱山を巡って小競り合いをしているから、攻め入る理由はいくらでも作れるんだ。万が一を考えて、私も領地に帰ることにしただけだよ」

隠居した身とは言え、アガサさんは文武両道で優秀なお人だ。領地の危機となればサザンビーク家に必要な人材だろう。

「リーシャ嬢。また会える日を楽しみにしている。君のおかげで楽しい学院生活を送れたよ」

アガサさんの染み入るような優しい笑顔に、胸が痛くなった。

「……私も……アガサさんに、救われました」

ウェバルさんやランメィルさんと会うまで一年以上、友達が一人もいなかった。

理解者であるアガサさんがいたからこそ、学院生活を乗り切ることができた。

「良き従者もできたようだし、安心して学院を去れるよ」

「……ありがとう……ございます」

どうしよう。涙が出そうだ。

「ああ、そうだ。リーシャ嬢にはこれを餞別（せんべつ）に贈ろうと思っていたんだ」

そう言って、アガサさんは例の古文書を本棚から取り出し、私の膝に置いた。

「君の中に入っているノブナガという男の魂が浄化されることを願うよ。それから……君は素敵なレディだ。卒業パーティーのパートナーは私のようなご隠居ではなく、将来有望な青年を誘うといい」

「……はい……」

「リーシャ嬢ならできるよ」

アガサさんが渋みのある微笑を浮かべる。

なんだか急に、アガサさんが遠い存在になってしまうような気がした。

こんなとき、自分の思っていることをしゃべれたらいいのにといつも思う。

アガサさんには、もっともっと感謝を伝えたかった。

「あの――」

「――失礼いたします」

私が声を発したところで、アガサさんの従士らしきサザンビーク家の人が司書室のドアをノックしたので、アガサさんに向かって深々と一礼し、名残惜しくも部屋を後にした。

もらった古文書はざらりとした手触りで、古臭い匂いがした。

アガサさんと別れ、石造りでできた学院の廊下を歩く。

『何を落ち込んでおる。卒業したら別れる相手じゃろうが』

ノブナガのからりとした声を聞いて、首を振った。

そういうんじゃないいんだよ。急にいなくなるとさ、寂しいんだよ。

アガサさんはこんな私に優しくしてくれて、面白い本を勧めてくれたりもしたんだよ。

『戦ならば仕方ない』

ねえ、トキア家もノブナガみたいに天下統一を目論んでいるのかな？

『かもしれん。性悪女が第二皇子を籠絡しておるしのう。皇国の権威を利用して、領地拡大を狙っておるのは違いない』

トキア家がサザンビーク家に攻めるのを止めるって、できないかな？

『できんな。オデッセイ家がトキア家に兵を送り込んでも負けるだけじゃ』

ほら、火縄銃も買ってるし、あれを運用するんでしょ。

ランメィルさんも練習してくれているし……。

『兵力差がありすぎる。軍事行動は儂らが領地に帰ってからじゃ。サザンビークもいっぱしの貴族。早々に負けんじゃろうよ』

部屋に戻りながら、ノブナガと戦争や領地について話をする。

ノブナガがいてくれてありがたかった。

良くも悪くも、ノブナガは合理的な思考をする人だ。

感情論を抜きにして話してくれるので、話をしているだけで心に余裕が生まれてくる。

なんだかんだ、ノブナガは優しい。

アガサさんにもらった古文書を見て、ノブナガを私から追い出すことはしなくてもいいのではないかと思えてくるよ。

『魔術など信じるな。そんな本捨ててしまえ。邪魔じゃ』

うん。やっぱり優しくなかった。

この人、ちょっと合理的すぎる。

『儂とおぬしは一蓮托生。オデッセイ家を発展させねばいずれトキア家に飲み込まれるぞ』

そうか。そうだよね。

私は私にできることをしよう。

『馬にでも乗れ。気分も変わる』

ノブナガの勧めに従うことにし、そのまま乗馬場の厩(うまや)に向かい、大きな体躯のクロちゃんにまたがった。

○

その一週間後――。

アガサさんが戦死したという情報が学院を駆け巡った。

噂を聞いてから三日間、食事が喉を通らなかった。

トキア家は鉱山を奪取し、サザンビーク領の五分の一を占領したようだ。

鉱山は古くからトキア家の物だと主張し、過去に何度も小競り合いを起こしていたから、それを大義名分として上手く利用したみたいだった。アガサさんの言っていた通りだ。

現在は皇帝が両家の間に入って、休戦状態になっている。

皇族は兵こそ持たないけど、こういった勅命を出すことができるから、まだ権威は失墜していないんだなと思わせた。

『リーシャよ、いい加減飯を食え。ばあさんも心配しておるぞ』

めずらしくノブナガが優しく言ってくるけど、ショックすぎて何も食べられない。

あのアガサさんが死ぬなんて信じられないよ。

つい先週まで元気だったのに。微笑んでくれていたのに。

『かぁ～っ、ぐちぐちと暗いやつじゃのう！　人はいつか死ぬ。遅いか早いかの違いじゃ！』

ねえノブナガ。アガサさんの戦死が嘘って可能性はないかな？

ほら、偽報とか兵法で使うでしょう？

ヒラリばあやから習った兵法書にも書いてあったし。

『ないじゃろ。死んどるわ』

そこはあるって言ってよっ！

それが優しさでしょ？

『偽報ならもっと上手くやるじゃろうが』

ノブナガは全然優しくない！

『おぬしを甘やかしてどうする⁉　受け入れろ、どあほうめ！』

しばらくノブナガに脳内で騒がれていると、ヒラリばあやとランメィルさんが食事を部屋まで持ってきてくれた。私はかれこれ三日間、部屋にこもっている。痛いほど心配されていた。

仕方なくパンとスープとサラダの乗ったトレーを受け取って、自室に引っ込んだ。スープは私の好きなコンソメを使ったもので、いい香りがしている。

ああ……人間ってどうしようもない。

自分が情けないよ……。

こんなときなのに、お腹がぐうぐうと鳴っている。

『食え。はよう食え。食わんなら儂と代われ。三日間も入れ替わっておらんぞ』

またしてもノブナガが喚き始める。

食べられそうもなかったけど、パンを口に入れ、スープを飲むと、無性に美味しく感じた。

なぜか泣けてくる。

『腹が減るのは生きているからじゃ』

それはそうだけど……アガサさんが死んじゃったのに呑気に食事をするなんて……。

『じゃあ食わずに死ぬか？　そんな覚悟もないくせに、何を偉そうに蟬のごとく喚いておる。食ったら儂に代われ。次期当主が部下であるばあさんと蘭丸を心配させてどうする』

……わかったよ。

食事をして部屋を出ると、ヒラリばあやとランメィルさんが安堵した顔をした。

その後、ヒラリばあやに身体を清めてもらい、ノブナガと入れ替わった。

◯

「やはり馬じゃ。馬はよい」

ノブナガがクロちゃんを走らせていたら、気分が落ち着いてきた。

クロちゃんは荒馬だけど、よく見ると可愛いし、こうして従順に走ってくれるところが愛おしい。

悲しんでもアガサさんとはもう会えない。

アガサさんが最後に言ってくれた「リーシャ嬢ならできるよ」という言葉が、何度も頭の中で流れている。

こちらの心情を察したのか、クロちゃんがぶるる、と私をいたわるように鳴いた。

「ふむ。クロも成長したのう」

ノブナガがクロちゃんの首を優しく叩いた。

そういえば、クロちゃんは前よりもずっと私たちの言うことを聞くし、機転の利く動きもする。

ノブナガは乗馬場から公園に入り、ウェバルさんと出逢った林道へとクロちゃんを走らせた。

ねえノブナガ。ウェバルさんに会ったら、ご身分を聞いてみるよ。

もしも貴族なら、卒業パーティーに誘ってみようと思う。

「ほう、急にどうした」

アガサさんに、私ならできるって言われたから。

だから……ウェバルさんと会ったら私が話すよ。

それに、勇気が出なくて逃げる理由をつけていたけど、正直に考えるとウェバルさんがいいなって思えるんだよね。草の友だし。

「やっと素直になりおったわい」

ノブナガが呆れたように鼻から息を吐いた。

やっぱりなんでもお見通しか。

あのさ、ノブナガがウェバルさんを誘わなかったのって、気を遣ってくれたからでしょう？　私が一歩前進できるように待ってくれたんだよね？

ノブナガは答えずに、手綱を引いてクロちゃんを急停止させた。

そして音を立てずに地面に下りる。

ちょっと、聞いてるの、ノブナガ？

「……右を見ろ」

ただならぬ雰囲気を察して、しゃべろうとしていたのを止める。

林道の開けた場所へ視線を向けると、ウェバルさんとオクタヴィア嬢が馬に乗って対峙しているのが見えた。

え？　あの二人がどうして？

知り合いなのだろうか。

「近づくぞ」

そう言いつつ、クロちゃんの首筋を何度か叩いてその場で待つように指示し、ノブナガは音を立てずにそっと近づいた。

声がうっすらと聞こえるところまで移動し、木の陰に隠れる。

二人はこちらに気づいていない。

旧知の仲という空気はなく、どこか他人行儀だ。

特にウェバルさんはいつもの柔らかい笑みなどは一切なく、無表情だった。

「君と世間話をするつもりはない。オクタヴィア嬢、話とはなんだ？」

馬から降りずにウェバルさんが聞く。

「そんな警戒なさらなくても大丈夫でございますよ。私は殿下の味方です。そこだけはご安心くださいませ」

オクタヴィア嬢も馬上のまま、男女問わず何人もの貴族を虜にしてきた美しい微笑を浮かべた。

どうやらオクタヴィア嬢がウェバルさんを呼び出したみたいだ。

「味方だと自分で言うやつほど胡散臭いわ」

ノブナガが小声で言って鼻で笑う。

オクタヴィア嬢の本性を知ってるから胡散臭さが青天井だよね。

それよりも、オクタヴィア嬢のウェバルさんの呼び方が気になる……。

聞き間違いじゃなければ、殿下って言ったよね？

「ユウリ殿下が、キャサリン王妃に殿下の存在を話してしまいました」

オクタヴィア嬢は長いまつ毛を震わせ、桃色の唇からため息をついた。

「……そうか」

「スバル殿下はお母様の遺言もあり、皇立学院をご卒業されたいのですよね？　このままでは卒業も危ういかと存じますわ」

「なぜだ……？」

「キャサリン王妃が殿下を国外追放するために動いております。殿下が皇国におられないせいで第一皇子派の貴族たちは力を削がれ、皇都での発言力が著しく低下しているのです。そのため、スバル殿下に皇立学院卒業の便宜を図っていた者たちは王妃に動きを封じられ、ほとんど何もできなくなっております」

「義母上は卒業すらも許してくれぬのか。そこまで私のことを憎んでいると……」

「誠に恐れながら、スバル殿下は優秀すぎます。母は子が何よりも可愛いものです。それこそ、優秀すぎて自分の子でない第一皇子を殺してやりたいと思うくらいには」

「……」

「第二皇子であるユウリ殿下は、スバル殿下の存在がコンプレックスになっているのですよ？」

「私が、ユウリの？」

「はい。だから、歯止めが利かなかったのでしょう」

「あいつも十分優秀だろう」

「そのお言葉、ユウリ殿下には決して言わないでくださいませ」

オクタヴィア嬢が顔を伏せ、ウェバルを窘(たしな)めるように見つめる。

「……お話を変えますが、現在の皇国は聡明すぎる皇帝を望んでおりません。物わかりのいい皇子が継ぎ、皇国の御印(おしるし)になればよいと上層部は考えております」

オクタヴィア嬢が淡々と事実らしき言葉を告げていく。

ウェバルさんは「皇帝を傀儡(かいらい)に……そこまで内部は腐っているのか」と瞠目(どうもく)した。

というか、ちょっと待ってほしい。

頭が混乱してきたよ。

会話を整理すると、ウェバルさんは〝スバル殿下〟であり、皇国の〝第一皇子〟という内容になるんだけど……ほ……ホントに……？

「……ほう。皇族だとは思っていたが、第一皇子か」

え？　ノブナガはわかっていたの？

「見ればわかるじゃろうが。剣術や教養の深さから平民ではなく、木っ端貴族でもない。皇族と学院専用の林道で乗馬をしていた。城下町に出るときはフードをかぶって顔を隠す。これだけ揃っていれば、皇族だと推測できるぞ」

じゃあ何？　何度も文通して、気安くノブナガが肩をぽんと叩いていたウェバルさんは、皇国の第一皇子、スバル・エヴァー・ウィステリアってこと……？

「ばあさんに調べさせても素性が知れなかったわけじゃ」

気安い感じの文章を書いて文通してたんだけど……ウェバルさんが……謎の第一皇子って……えええええええええええっ！　そんなことある⁉　わ、わ、私、不敬罪で打首じゃない⁉　ノブナガが散々ビシバシとウェバルさんの背中を叩いてたし絶対にまずいよ！

「リーシャ、うるさいぞ」

私が脳内で大きな声を出したせいで、ノブナガが驚いて肩を揺らした。

そのせいで、隠れていた木の下にある腰ほどの高さの植物を揺らしてしまい、がさり、という音が漏れた。

「――」

オクタヴィア嬢とウェバルさんがこちらを見る。

ノブナガがあわてて身を隠し、瞬時に木の上部へと目を走らせると、小石を拾って親指で弾いた。

小石は止まっていた鳥の枝にぶつかる。

すると、鳥が空に飛び立った。

オクタヴィア嬢とウェバルさんはこちらへの興味を失い、再び互いを見つめ合った。

よかった……心臓に悪い……。

「さすがは天才と呼ばれる第一皇子であらせられますわ。ユウリ殿下よりもご理解が早いのですね」

「……忠告に来ただけか？」

「まだわたくしを疑っておられるのですか?」

オクタヴィア嬢は誠実で裏表のなさそうな、それこそ周囲の草木が一斉に花を咲かせるような、可憐な微笑を浮かべた。

声も表情も、何一つ不自然なところがないんだよね……。

騙されるとかそういった次元の話ではない。彼女は薔薇のヴァルキュリアなのだ。

多分、オクタヴィア嬢と会話をした人は、みんな等しく、彼女の魅力にやられてしまうんだろう。

「あの性悪、妖怪か何かか?」

ノブナガがつぶやく。

私もそう思うよ。馬小屋で見た彼女の顔は記憶違いだと思いそうになる。

「何があっても学院を卒業する。君の忠告は無駄だ」

よかった。ウェバルさんの意志は固い。

オクタヴィア嬢の言葉にあまり耳をかさないでほしい。

「お話は最後までお聞きくださいませ。私はスバル殿下の味方ですよ? そして皇国をよりよくしようと心から想っている貴族の一人です」

そう言ったオクタヴィア嬢の目は真剣だった。

「要件は？」

「……疑り深いお人なのですね」

オクタヴィア嬢は少しもブレないウェバルさんの評価をあらためたのか、わずかに口調を固くした。

「卒業パーティーにわたくしとご参加くださいませ」

嘘でしょ……今それを誘うの……？

「君はユウリをパートナーにしている。なぜそんなことを言う？」

「スバル殿下とユウリ殿下、つまりは第一皇子と第二皇子がパーティーに出席することで、他の貴族はわたくしたちに注目いたします。わたくしがスバル殿下のご事情をご説明すれば、皆が耳を傾け、納得するでしょう」

「貴族たちの前で既成事実を作るのか……なるほど」

「公の場に出てしまえば、キャサリン王妃も卒業に関しては手出しできなくなりますわ」

「逆に卒業パーティーに出なければ――」

「殿下は学院を卒業できず、国外追放となるでしょう」

何となく見えてきた。

ウェバルさんの義母であるキャサリン王妃は血の繋がっていないウェバルさんが憎くて、秘密裏に学院の講義を受けていたことに怒り、国外追放をしようと画策している。おそらく放っておいたら、学院の個別講義を受けていたことすらなかったことにしてしまうだろう。

だからウェバルさんは卒業パーティーに出席して、「学院に通っていた」と宣言する。

それを貴族たちに見せ、認めさせれば、学院の卒業はできる。

そういった筋書きだ。

「卒業パーティーの出席は恐れながら、わたくしオクタヴィア・トキアが適任でございますわ。他に信用できる貴族子女がいらっしゃれば話は別ですが……それなりの格があり、第二皇子派に殿下を売り渡さない信頼のおける子女は、残念ながらこの学院におりません」

オクタヴィア嬢が諭すように、優しく言葉を紡ぐ。

ウェバルさんは内容を精査しているのか、しばらく黙り込んだ。

「ここにおるぞ。もう一人の適任が」

ノブナガが悪そうな顔つきでにやりと笑う。

そうだね。辺境伯令嬢で格はあるし、ウェバルさんを誰かに売り渡しなんて絶対にしない。草の友は永遠だ。

　やがて、ウェバルさんが顔を上げた。

「オクタヴィア嬢は私に何を望む」

「ご出席されたあとにお願いしたいことが少しだけございます。聞いていただけると嬉しく思いますわ」

「濁（にご）すのか？」

「そんなにわたくしが信用できませんか……？　これでも学院での評判はいいほうでございますし、正しい行いをしてきたという自負がございます」

　オクタヴィア嬢は薔薇のヴァルキュリアの二つ名に相応しい、まっすぐな視線をウェバルさんへ向けた。

「……考えさせてくれ」

「承知いたしました」

　これ以上の訴求は逆効果と判断したのか、オクタヴィア嬢は引いた。

「それでは、ご返答はパーティー前日までお待ち申し上げております。何度も申し上げますが、わたくしは殿下の味方でございますよ。それだけはお忘れなきようお願い申し上げます。殿下に百の幸運と神の加護があらんことを——。ごきげんよう」

オクタヴィア嬢が馬上で優雅に一礼し、手綱を引いて馬を学院の方向へと歩かせる。

乗馬用の赤いドレスが小さくなっていく。

きっと、オクタヴィア嬢と出席したら、ウェバルさんはいいように利用されてしまうだろう。オクタヴィア嬢が何を要求するのかわかったものではない。

ウェバルさんはその場に佇んだまま、じっと何かを考えていた。

「行くか」

ノブナガが軽い口調とともに立ち上がった。

「おう、ウェバル！　すまんが今の話、聞いておったわ」

ちょっとちょっと！　そんな簡単に出ていかないでよ……！

ウェバルさんが洞穴から熊が出てきたような驚いた顔をし、私だとわかると安心した笑みを浮かべて馬から下りた。

「リーシャ嬢に聞かれてしまうとは……」

「すまんな」

ノブナガがウェバルさんに近づいていく。

「リーシャ、交代じゃ。おぬしが口説け」

いきなり？　え？　ちょっと待って――。

○

意識と身体が結びつく独特の感覚が背中を走り、転びそうになって右足を踏ん張った。接近していたウェバルさんにぶつかりそうになってしまう。

「大丈夫か？」

「……はい」

ウェバルさんが抱きとめてくれた。

心臓が飛び出そうになったのですぐに離れる。

会話ですら難しいのに、触れ合うなど命がいくつあっても足りない。

私は素早くリボンをほどいてポニーテールを崩し、前髪を垂らした。いつもの髪型は安心する。

彼はこちらを見て困った顔をし、丁寧に頭を下げた。

「すまなかった。いつかは君に伝えようと思っていたんだが、タイミングが悪かった」

「……」

「ウィステリア皇国第一皇子、スバル・エヴァー・ウィステリアだ。ウェバルは身分を隠すための偽名だ」

それはさっき聞いたので知ってますよ。

なので顔を上げてください。

「……知って、ました」

ウェバルさんあらため、スバル殿下が驚き、何度かうなずいて嬉しそうに笑った。

「ふっ……やはり隠し事はできないか。君は辺境のアテナだな」

辺境のアテナって……知恵と戦いを司る女神の名で私を例えないでください……。どこで勘違いされてしまったのかわからないんですが、全然そんなんじゃないんです。私なんてせいぜい辺境のあて名書き係とかなので……。

『なに上手いこと言っておる』

ノブナガがげらげらと笑った。

『ようわからんがウェバル……スバルの評価が高いうちに誘ってしまえ。おぬしがスバルをパートナーにしたら性悪女を出し抜けるぞ。最高の意趣返(いしゅがえ)しじゃ！　痛快、痛快！』

　わかってるよ。

　それに、ウェバルさんの卒業もかかっている。

　オクタヴィア嬢から死ぬほど恨まれそうだけど、こればっかりは譲れない。

　あ〜〜〜〜緊張する。人を誘うのは初めてだ。

「リーシャ嬢は私を第一皇子だと理解した上で接してくれていたのか……。君は、本当に面白い女性だよ。こんな気持ちになったのは生まれて初めてだ」

　スバル殿下のはにかんだ笑顔が眩しい。このまま浄化されてしまいそうだ。

　すみませんやっぱり無理です。

　こんなイケメンの第一皇子様をお誘いするとか、難易度が高すぎるよ。十回生まれ変わってもできそうもない。

『誘え！　誘うのじゃ！　ここを逃せば後はないぞ！　本丸は見えておる！　死んだつもりで突撃じゃ！』

　ノブナガの叱咤激励を受けて、大きく息を吸い込んだ。

「……」

そして息を吐いた。

『なに深呼吸しているッ』

できないぃぃっ！　言えないよ！

スバル殿下は私が何か言おうとしているから、待ってくれている。

そういう優しさが胸に沁みて、余計に焦ってしまう。

そうだ。やっぱり私はこれだ。生まれてからずっとうまくしゃべれなかったんだから、いきなりできるはずもない。紙に書けばいいんだ。

『そんなものここにないわ。どあほうめ！』

紙の代わりにポケットからハンカチを取り出し、腰につけている革袋を開けてみる。

ペンはなかった。知ってた。ないよね。

「……何か探しているのか？」

「いえ……大丈夫、です」

もうこうなったら言うしかない。

ハンカチをポケットに戻し、顔を上げ、スバル殿下を見つめるけど、思わずきつく目を閉じてしまう。

人と至近距離で目が合うと、喉がぐっと詰まる。

『目を開けろ。相手の目を見て話せ』

ゆっくり目を開いて、もう一度深呼吸をし、口を開いた。

「……スバル殿下……」

「スバルでいい」

かぶせるようにしてスバル殿下が言ってくる。

「で、でも」

「呼び捨てにしてほしい。君とは気安い仲でいたいんだ。ダメか？」

そんな捨てられそうな子犬みたいな顔つきをされたら……断れない。

「……スバル……」

「そうだ。うん。スバルだ、リーシャ嬢」

呼び捨てなんて妹と弟にしかしたことがない。それから、私もリーシャ嬢はやめてほしい。ただでさえ辺境伯令嬢と第一皇子という格差があるから、私だけリーシャ嬢では他の人に後々何を言われるかわかったものじゃないよ。

「……リーシャ、で」

「うん？　ああ、そういうことか。わかった、リーシャ」

なんでそんなに嬉しそうなんですかね。

村娘が見たら失神してしまいそうな笑顔はお仕舞いになってください。

「それでリーシャ。何か言いたいことがあるのだろう？　私は君に隠し事をしていた。これからは何を聞かれても包み隠さずに答えるつもりだ」

「……あの……」

「なんだ？」

「………卒業、パーティー……」

「ああ。パーティーがどうした？」

「……行き、ましょう……」

よし、よし！　つっかえつっかえだけど、どうにか言い切ることができた。

言い切ったあとはお返事が怖い。

「リーシャはオクタヴィア嬢の誘いに乗ることに賛成か？　彼女は君の評判を落とそうと工作していたんだ。信用できない」

全然伝わってなかった。

スバルは私がオクタヴィア嬢との出席を勧めていると思ったらしい。

『きっちり誘え！』

わかったよ。もう一回挑戦する。

こちらが口を開こうとすると、スバルが言葉の続きを話し始めた。

「リーシャのことを知れば知るほど、君が悪質ないたずらに手を染める女性には思えなかった。特に、君との文通では、君という人間が多感で、愛すべき人柄の女性だと感じたんだ。すべてオクタヴィア・トキアの仕業なんだろう？　だから私は彼女とパーティーに出席はしない。たとえ亡き母上との約束……皇立学院の卒業を果たせなかったとしても、君を陥れた人間の利益になることはしたくないんだ。きっと、母上も許してくださる」

そこまで考えてくれていたなんて……。

どうしよう。すごく嬉しい。

スバルは私の人となりを見て、悪質な行為はしないと判断してくれたんだ。だから、さっきもオクタヴィア嬢の言葉にあまり耳を貸さなかったんだね。

『リーシャ、言え』

ノブナガの低い声が脳内に響き、背中を押されたような気がして、スバルを見つめた。

「スバル。卒業パーティーの私のパートナーになってください」

言えた。人生で初めてつっかえずに人を誘えた……！

ノブナガが『ようやった！』と喝采する。

スバルはまさかそんな誘いを受けるとは思っていなかったのか、一瞬呆けた顔をしたけど、すぐに意味を飲み込んだのか、複雑な感情をこらえるような笑みを浮かべた。

「私は……リーシャの優しさに甘えるばかりだ」

いいえ、そんなことないですよ。私もパートナーになってもらえると助かりますし、スバルもこれで卒業できますからね。草の友、万歳！

「トキア家とは完全に敵対することになる。それでもいいのか？」

「……いいです」

もう敵対してるからね。

仮想敵貴族、トキア家だよ。

ノブナガの言う通り、何もしなければトキア家に領地が飲み込まれてしまう。あのアガサさんが戦死してしまったんだ。世は無常だよ。領地は自分の手で守らないと……！

『言うようになったではないか』

「リーシャ、ありがとう。私にできることなら今後何でも協力する。私、スバル・エヴァー・ウィステリアは、リーシャ・オデッセイのパートナーになろう」

スバルは膝をつき、私の手を取って恭しく、壊れ物を扱うみたいにそっと額につけて、ゆっくりと離した。

初めて握ったスバルの手は、大きくて温かった。

第九章　決闘

卒業パーティーの当日になった。
講義は二日前に終了し、卒業論文も提出している。
内容に問題がなければ二年間の学院生活も終わりだ。
長いようで短かったなぁ……。
もう卒業パーティーの当日か。
『あっという間じゃったな』
ノブナガが、ようやっと終わるわと息を吐いた。
馬小屋が燃やされてノブナガに憑依されてからは、怒濤の毎日だったよ。
『スバルとは会場で会う手はずじゃな？』
うん、そうだよ。

スバルをパートナーに誘ってから、彼とは一日もかかさずに文通をしている。

直接会うのはオクタヴィア嬢に気取られる可能性があるため、控えていた。

手紙は配達員ではなく、スバルの執事である、眼光の鋭い灰色の髪をしたモーゼスさんが運んでくれている。

『しかしのう、このばあさんはいつまで悩んでいるのじゃ。声をかけろリーシャ』

「ばあや。まだ決まらないの？」

部屋でパーティーの準備をしているところだ。

城下町でオーダーメイドをした鮮やかな群青色のAラインドレスを着て、ドレッサーの前に座っている。胸元には繊細なレースの刺繍が施されていて、可愛くて素敵なドレスだ。

「ああ、どのネックレスがいいのでしょうか！　迷ってしまいますねぇ」

ヒラリばあやは過去一番のご機嫌っぷりだ。

足をガニ股にして謎のステップを踏み、宝石箱の前を行ったり来たりしている。

「まさか第一皇子をパートナーになさるとは夢にも思いませんでしたよ！」

「信じてなかったもんねぇ……」

「お嬢様が高熱を出したのかと勘違いいたしました」

ヒラリばあやに「ウェバルさんが第一皇子だった」と言ったとき、まったく信じてもらえなかった。信じられる要素がなかったから仕方のないことだ。

その後、しばらくベッドに寝かされ、熱もないのに看病された。

しかも「パートナーになった」と言ったら、額に置いていた濡れタオルの量を三倍にされた。ノブナガが大爆笑していたのは記憶に新しい。

執事モーゼスさんがやってきて、皇族の花押入りの手紙を渡されて、ヒラリばあやはやっと信じてくれた、という経緯がある。

『ばあさんも喜んでおる。一つ、孝行ができたな』

ノブナガがめずらしくしんみりとした声色で言う。

ヒラテのじいという人のことを思い出しているのかもしれない。

そうだね。ずっと心配をかけてきたし、少しは成長した自分を見せられた気がするよ。

ちなみにだけど、ヒラリばあやと執事モーゼスさんはすっかり意気投合しており、お互い孫を持った爺婆のごとく、「うちのお嬢様が」「スバル様が」と会うたびに盛り上がっている。

執事モーゼスさんいわく、スバルは天才的な能力と、不遇な少年時代のせいで、何事にも無関心な人だったらしく、私と出逢ってからは生き生きとしていると涙ながらに語っていた。

ヒラリばあやもあれこれと話しており、時折涙を流して私とスバルの出逢いに感謝をしていた。

別に話すのは構わないんだけど、お嬢様は大きなキノコが嫌いとか、寝相が悪いとか、私の個人情報を横流しするのだけはやめてほしい……本気で。

「真珠にいたしましょう。お嬢様の細くて美しい首にぴったりです」

やっとネックレスが決まり、ヒラリばあやが首にかけてくれた。

『馬子にも衣装じゃ』

よくわからない語呂の言葉だけど、なんかバカにされている気がする。

ちょうど部屋がノックされ、ヒラリばあやが出ると、ランメィルさんが入ってきた。

「失礼いたします、リーシャお嬢様」

彼は恭しく一礼して、砂糖とはちみつを混ぜたような甘い微笑みをこちらへ向ける。

いつ見ても涼やかで美しい人だ。

城下町へ買い物に行ったとき、この笑顔を見て通行人が何人か顔を赤くしていた。最近では執事姿も板についてきたよね。ヒラリばあやに教わっているそうだ。従士になってくれたとはいえ、頑張ってくれていることに感謝しないとね。

『蘭丸は愛いやつじゃ。どれ、少し尻を触ってみい』

このおっさん早く私から出ていってくれないかな……。

ランメィルさんは座っている私の後ろに立つと、髪をセットし始めた。

なんでも、フォーレスト一族は男性が女性のヘアメイクと化粧をする文化があるらしい。

結婚した女性が自分のものだと主張するため、男性は必ず練習させられるそうだ。

「あの……ランメィルさん……？」

「リーシャお嬢様、ランメィルとお呼びください。何度も申し上げているではありませんか」

笑顔に少しだけ不機嫌さを混ぜて、ランメィルさん……ランメィルが鏡越しに私を見る。

「あ、そうだった、ね……」

「スバル殿下は呼び捨てなのですよね？　それでしたら私も呼び捨てでお願いいた

します。私とリーシャお嬢様は家族なのですから」

「ごめんね……ランメィル」

「わかっていただければいいのです」

冬が一瞬で春になりそうな温かい笑顔を向けるランメィル。

完璧に見えるランメィルだけど、実はとんでもない心配性であることに最近気づいた。

特にスバルをパートナーにすると言ってから、私への心配度合いが加速した気がする。

「ところで私に何かご質問でしょうか？」

ランメィルが私の髪を櫛(くし)ですきながら、聞いてくる。

「いいの……かな、と思って」

「何がでございますか？」

「フォーレスト……一族は、妻だけ、でしょ……？」

ヘアメイクと化粧をするのは結婚した女性だけだ。

「問題ございません。私とリーシャお嬢様であれば」

従士だから大丈夫ってことかな？

「……そう……ありがとう」

「どういたしまして」

「あと……顔、近くない……？」

「そうでしょうか？」

ランメィルの手によって、地味で根暗な見た目が華やかなものになっていく。

前髪がないのはいただけないけど、今日だけは仕方がない。

準備を怠ってスバルに恥をかかせるわけにもいかない。ただでさえ元が平凡な容姿だから、上乗せしておかないと失礼だ。

一時間ほどかけて、ヘアメイクと化粧が完成した。

「可憐でございます！　今すぐ絵姿を残したいので美術家を呼んでまいります！」

「そんな時間ないよ」

興奮するヒラリばあやを止めて立ち上がり、ランメィルに向き直った。

「ありがとう」

「……ッ。いえ。このランメィル。お嬢様のお役に立てて光栄でございます」

「……うん」

ランメィルの技術がすごい。

どこの高貴なご令嬢ですかと鏡を見て質問したくなるくらいの見栄えになった。

ヒラリばあやが後ろで猛烈に拍手していた。

◯

しばらく三人で他愛のない話をしていると、時間となった。

「いってらっしゃいませお嬢様。ランメイル、お嬢様をお守りしなさい」

ヒラリばあやがランメイルに言うと、空気が緊張感のあるものに変わる。

「お嬢様は希望の星でございます。命に代えてもお守りいたします」

ランメイルはパーティー会場である、皇立学院のダンスホールまでついてきてくれる。中には入れないけど、万が一不測の事態が起きた場合は乱入する手はずになっていた。

私が第一皇子であるスバルをパートナーにしたら、オクタヴィア嬢が何か行動を起こすかもしれない。

「行ってくるね」

ヒラリばあやとフォーレスト一族の少年たちに見送られ、二年間通い続けた石造りの荘厳な廊下を歩く。

いつもと違うドレスだけど、ノブナガの注文もあって歩きやすい素材を使っているため、転んだりとかの心配はなさそうだ。

「緊張されているのですか？」

横に並ぶランメィルが心配そうにこちらを見てくる。

「大丈夫……」

「そうですか。何かあれば私がお守りいたしますので、ご安心ください」

「……ありがとう」

「お嬢様はスバル殿下と卒業パーティーを楽しめばいいんですよ。卒業の件はご本人が貴族たちに存在をアピールをし、道を切り開くでしょう」

「……そっか。うん……」

ダンスホールが近づいてくると、ちらほらと学院生の姿が見えた。

令嬢たちは流行を取り入れた豪華なドレスを身にまとい、男性のエスコートを受けている。

こうして見ているだけでも、学院内でパートナーになった子息子女が多く見られた。

あれ、あの大人しいクラスメイトの子、王宮騎士を連れているよ。頼めるコネがあったんだろうね。騎士様は見栄えがよくて華やかだなぁ。

「見て、うつけ令嬢だ」「美形の従士がパートナーではないの？」「誰をパートナーにするんだ」「一人かも――」

あと、私もかなり注目を浴びている。

学院でうつけ令嬢を知らない貴族はいないだろう。無駄に有名人になってしまって居心地が悪いよ。できればホールの隅っこで静かにシャンパンでも飲んでいたい。

人間観察をしていると、ダンスホールに到着した。

皇立学院のダンスホールは五十年前に有名な建築家が設計したそうで、皇国のダンス大会でも使われるほど格式高いものだ。

赤絨毯の敷かれたエントランスに入ると、空気が一気に変わった。

各所に飾られた薔薇の香りと、ご令嬢たちの香水の匂い。それから、楽団がエントランスの一角を陣取って、優雅な交響曲を奏でている。エントランスは卒業パーティーを楽しむ学院生たちで賑わっていた。仲のいい友人同士で輪になって談笑している。

「ではお嬢様、私は待合スペースにて待たせていただきます。楽しんでくださいませ」

「……ありがとう」

「寂しかったらいつでも呼んでください」

「大丈夫……待ち合わせ、してるから……」

心配性のランメィルらしい申し出をやんわりと断って彼と別れ、エントランスの奥で受付をし、バーカウンター付近でスバルを待つことにした。

バーテンダーに果実ジュースを頼み、なるべく隅っこへ行き、ちびちびとグラスを傾けて飲む。

エントランスに漂う甘い香りと、華やかな雰囲気にちょっと酔いそうだ。

『こっちの世界は衣服が進歩しているのう。見てみよ、あのおなごのドレスは目が痛くなりそうな桃色じゃ』

ノブナガがピンクの可愛らしいドレスを着た令嬢を見つけて言う。

あー、あれは派手だね。

パートナーも全身緑でど派手だねぇ。

そうこうしているうちに、エントランスの入り口付近が騒がしくなった。

「オクタヴィア嬢が来たぞ!」

「ユウリ殿下がパートナーだ」

話し声で賑わっていたエントランスのトーンが一段階下がり、皆がオクタヴィア嬢とユウリ殿下に視線を送る。

オクタヴィア嬢はスパンコールを月のない夜星のように散りばめた、真っ赤なドレスを身にまとい、真紅の髪を結い上げ、耳には大きなダイヤのピアスをつけている。歩くたびにオクタヴィア嬢が輝いているように見えて、思わず見惚れてしまった。

エスコートをしているユウリ殿下も、黄金の髪に合うグレーのタキシードを着ている。足が長いから腰の位置が高い。

何人もの子息子女が二人を見てため息を漏らしていた。

『あの二人、見た目だけはよいのう』

ノブナガが称賛半分、呆れ半分といった評価をしている。

外側はいいんだよね……。

まあ、ユウリ殿下は被害者とも言えるよ。オクタヴィア嬢はユウリ殿下のこと好きじゃなさそうだし、利用する気満々でしょ？

『おぬしからそんな言葉が出るとはな。リーシャよ、いい傾向じゃ。相手に臆していたらいざというとき正常な判断ができぬ』

そういえば、前よりも冷静にオクタヴィア嬢を見られるような気がするよ。

オクタヴィア嬢とユウリ殿下の後ろには、従士であるビルとポロミが歩いている。自分の主人を引き立たせるためか、過度な派手さのない上品なドレスとスーツ姿だ。

へえ、あの二人がパートナーか。親同士が決めた婚約相手なのかな？

でもポロミはランメィルさんをパートナーにしたいって言っていたような……。

『リーシャ。言うのを忘れとったが、あとで儂と交代じゃ』

ええ？　なんで？

『領地を守るため、天下統一のための重大なことをせねばならん』

私は天下統一なんて大それたことは考えてないよ。でも、領地を守るには必要なことなんだよね？

『そうじゃ。代われと言ったらつべこべ言わずに代わるんじゃぞ？』

わかったよ。昨日もパーティーの準備で交代できなかったからね。

でも変なことはしないでよ？

『儂は無駄なことはせん』

あなたの合理主義はよーくわかっているから、そこは信頼しているよ。

でも、合理的すぎて予想できないのが恐ろしいんだよ。

『大丈夫じゃ。とにかくあとで代われ』

ノブナガに念押しされてうなずいていると、私を見つけたオクタヴィア嬢たちが、こちらへゆっくりと歩いてくる。

オクタヴィア嬢は微笑んでいるけど、私には獲物を発見した肉食動物にしか見えなかった。

「リーシャ嬢、ごきげんよう」

「……ごきげんよう」

オクタヴィア嬢の礼に、こちらもグラスを置いてスカートをつまみ、礼を返す。

「ポロミから聞きました。弓士のランメィルはリーシャ嬢の従士になったそうですね？　てっきり今夜のパートナーかと思いましたが……」

「……違います」

私が言うと、ポロミが前に出てきて周囲から自分の顔が見えないように身体の角度を調整し、こちらを睨んだ。

「ランメィルがパートナーじゃないって？　どういうこと？」

「……」

「答えなさいよ」

黙っていると、ポロミが舌打ちをした。

『お～、悔しがっとるわい。ランメィルは儂らのものじゃとでも言ってやれ』

それ、怒らせるだけだから。黙っておこうよ。

私が沈黙を貫いていると、ポロミが急に表情を明るくした。

「ああ、そういうこと。ランメィルに断られたのね。だから一人でいるんだ」

ポロミは馬小屋に火を放ったときにみせた、きしきしと歯の隙間から空気を出す不気味な笑い方をし始めた。

「辺境伯令嬢が一人でパーティーに来たのですか⁉」

いきなり大声でポロミが叫んだ。

「辺境伯の爵位を持っているのにパートナーがいないなんて、どうして……？　何かあったのですか？」

ポロミは注目を集めたタイミングで、すぐに優等生らしい態度へ変えた。

彼女の言葉が聞こえていたのか、学院生から「うつけ令嬢は一人だって」「かわいそう」「一人で参加とかあり得ない」など、私を揶揄（やゆ）する声が上がり始めた。

以前の自分だったら少なからずショックを受けていたけど、今はまったく平気だ。他人の評価など、割とどうでもいいと思えるようになっている。ノブナガがぶっ飛んだ行動をしすぎたせいで、感覚が麻痺してるんだよね……。いいことなのかわからないけど。あとはスバルも来てくれるから、心にゆとりがある。

「ポロミ、おやめなさい。殿下、失礼いたしました」

オクタヴィア嬢が謝罪すると、ユウリ殿下が大丈夫だと首を振って、私を見た。

「今日で君の顔を見なくて済むと思うと気分がいいよ。私は、君がオクタヴィア嬢にしてきた行いを忘れない」

「……そう、ですか」

「私が皇帝になったら、オデッセイ家を優遇することは一切ないと思ってくれたまえ。今後、オデッセイ家の親類縁者に新しい爵位を許可することもないだろう。これは君への罰だ」

ユウリ殿下は吐き出すように言うと、オクタヴィア嬢をうながしてダンスホールへと入っていった。

ビルとポロミが去り際に、「ざまあみろ」と口パクで言っているがちょっと腹立たしい。

『第一皇子がこっちのパートナーと知ったら腰を抜かすぞ』

ノブナガがうきうきしている。

しばらくバーカウンターの前で待っていると、次々と学院生たちがダンスホールへと入っていき、エントランスには誰もいなくなった。

楽団の人たちも演奏をやめて、ダンスホールへ移動していき、今度はそちらで演奏を開始する。

『遅いのう』

スバルに何かあったんだろうか。

時計を見ると、すでにパーティーの開始時刻になっていた。

ダンスホールの入り口から「わあ！」という歓声が聞こえてきて、乾杯の挨拶を学院長がしている声が小さく聞こえてくる。

『意外と落ち着いておるのう』

私、待つのは得意なんだよね。

一日中、野菜の花が咲くのを待っていたこともあるからさ。

『変人じゃのう』

それ、あなたに言われたくないよ。

ノブナガと話していると、早歩きでエントランスに入ってくる人影が見えた。

見ると、スバルがエントランスを見回して、私を見つけてまっすぐやってきた。

「すまない、遅れてしまった。義母上の手下に追い回されていた」

スバルは、普段は肩まで下ろしている濡羽色の髪を整髪料でやや後ろに流し、光沢のあるブラックタキシードを綺麗に着こなしていた。青い瞳と高い鼻梁、物語に出てきそうな美形の皇子そのものだった。

この人がパートナーとか信じられない。

私、よく誘えたな……。

イケメンすぎて隣に行くのが申し訳なく思えてくる。ちょっとお腹痛いかもしれない。

「リーシャ？」

背の高いスバルが顔を寄せてくる。

「あ……すみません……」

「おそらく、ダンスホールまでは来ないだろう。卒業パーティーに乱入すれば、今日参加している貴族たちから一生恨まれる。それに、何があっても君を守る。安心しろ」

「……ありがとう」

「行こう。ちょうど、学院長の挨拶も終わったところだ」

スバルが私の手を取り、ダンスホールの入り口へと引いていく。

あっ、ちょっと、まだ心の準備が……。

しかもダンスホールでは、最初の一曲を踊るために、全員がホールの中央でパートナーと手を握り合って、音楽を待っているところだ。

こんなところに突入するのは緊張でお腹が痛くなるというか……。

「リーシャ、卒業パーティーだ。ずっと母からパーティーが楽しかったと聞かされていてね……。君と参加できる幸運に心から感謝したい」

スバルが私の手を引いて振り返り、白い歯を見せて笑った。

笑顔が可愛い。

スバルってこんなふうに無邪気に笑えるんだ。

笑うと子犬っぽいかも……。

そうだよね。スバルは卒業パーティーにずっと参加したかったんだよね。

文通していた手紙にも書いてくれていた。

きっとあとで大変なことになるだろうけど、せっかくだ。スバルに楽しんでもらおう。

『ほれ、横に並べ』

ノブナガに後押しされて、私はスバルの手をぐっと引き、足を踏み出して横に並んだ。

「楽しみましょう」

私も笑ってみせた。

うまく笑えたかわからないけど、学院に来て、一番楽しい気持ちかもしれない。

「……ああ」

なぜか顔を逸してスバルがうなずく。

『やるではないか』

よくわからないけど、ノブナガがやけに嬉しそうだ。

スバルにエスコートされ、私たちは並んでダンスホールに入っていった。

○

曲が始まる前の絶妙なタイミングで、私たちはダンスホールへと足を踏み入れた。

きらびやかなシャンデリアの光が頭上から落ち、個性あふれるドレスとタキシードが花の展覧会のように色彩豊かにダンスホールへ散っている。

私とスバルが輪の中に入っていくと、全員が静まり返った。

令嬢たちはスバルの美貌に息を飲んでいる。

「うつけ令嬢、一人じゃなかったのか？」「あの殿方は誰？」「悔しいけどお似合いのカップルですわ……！」「カッコいい……」「あれは誰だ？」

称賛や疑問の声がそこかしこから響く。

すぐに声を上げ、近づいてきたのはユウリ殿下とオクタヴィア嬢だった。

「兄様！　ど、どういうことですか⁉　なぜ卒業パーティーに参加されているのですか！」

その言葉に、会場中がざわめいた。

ユウリ殿下の兄は一人しかいない。

この場にいる全員が、第一皇子であるスバルの存在に気づいた。

「私も皆と同じで皇族の一員として講義を受け、学院を卒業する。卒業パーティーに来るのは皇族の義務だろう？」

「そうですが……」

「スバル殿下、ごきげんよう」

オクタヴィア嬢がまだ何かを言おうとしているユウリ殿下をさえぎる形で一歩前に出て、スバルを見つめた。

「これはどういうことでしょうか？」

「どうとは？」

「言葉どおりの質問でございます」

オクタヴィア嬢は「なぜ私と来なかった」と婉曲的に聞いていた。

「私はかねてからリーシャ・オデッセイ辺境伯令嬢と懇意にしていた。彼女と参加したい。そう思ったからパートナーになっただけだ」

「かねてから……懇意に……」

オクタヴィア嬢が微笑を浮かべたまま、私を見つめる。

目が全然笑っていなかった。

スバルはオクタヴィア嬢から目を離し、会場の全員を見回した。

「皆に聞いてほしい。私は長らく国外留学をしていたが、亡き母の遺言もあり、個別で学院の講義を受けるべく皇都に戻っていた。母は、幼い私にずっと聞かせてくれた。学院の卒業パーティーが私の人生の宝物であり、とても楽しいひとときだったと。過ごした人生の中であの日は消えることなく、心の中でずっと輝き続けていると」

スバルが笑みを浮かべる。

「この卒業パーティーは身分によるダンスの順番などはない。なぜなら、そんなことは気にせず、今日だけはすべてを忘れて楽しもうという、初代皇帝陛下の思いが込められているからだ」

ここにいる誰しもが卒業パーティーを楽しみにしていた。パートナーを懸命に探し、衣装を作り、ダンスのレッスンをしてきた。派閥こそあれ、私たちはまだ若い。

「さあ、すべてを忘れて楽しもう」

『初代皇帝の言葉を出すとはわかっておるのう。これで全員にスバルの参加が認められた。スバルの卒業は安泰じゃ』

スバルがちらりとこちらを見て笑った。

さすがだ。私には絶対に真似できない。

ユウリ殿下が悔しそうな顔をしているよ。兄弟なんだから仲良くすればいいのに、と思ってしまうのは私だけだろうか。

スバルの言葉で会場に拍手が起き始め、やがて大きな音となってダンスホールに響いた。

初代皇帝陛下万歳、という声も聞こえる。

ここが最高のタイミングだと思ったのか、楽団の指揮者が指揮棒を軽やかに振り下ろし、一曲目のワルツがダンスホールに響き渡った。

「あとで話を聞かせてもらうわよ」

オクタヴィア嬢が顔を寄せてきて、ユウリ殿下の手を取って踊り始める。

「リーシャ」

スバルに手を引かれ、私たちも踊り始めた。

あまりダンスは得意じゃないけど、スバルが上手いので安心してステップを踏める。

一曲踊り終わる頃にはすっかり場の雰囲気も明るいものになっていて、スバルが謎の第一皇子ということもあって注目されていたけど、私たちは気にせずにこの時間を楽しんだ。

ワルツに始まり、スローフォックストロット、タンゴなどを思い切り踊った。さすがに高い技術の必要なファストステップみたいなダンスは踊れないので、そういった曲のときは休憩をかねてシャンパンを飲み、スバルとの会話を楽しんだ。

ああ、楽しい。

スバルと一緒だと、大勢の中にいても喉がぎゅっとならない。心強い味方だよ。さすがは草の友。

◯

気づけばあっという間にパーティーの終盤となり、甘い曲が流れ始める。

自然とホールの中央が空けられて、ぽっかりと丸い空間ができた。

卒業パーティー伝統の、告白の時間だ。

まだ婚約をしていないパートナーにここで告白されるのが、令嬢たちにとって何よりロマンチックなことだと言われている。

話には聞いていたけど、本当にあるんだね……。

これは勇気がいるなぁ。

ただ、誰でもいいわけじゃないんだよね。

この場に出てきて相応しい学院生でないと、冷めた目で見られてしまう。

もちろん、この場で告白をもっとも期待されているのは、ユウリ殿下とオクタヴィア嬢のペアだ。空気を読んで、誰も中央へと足を進めない。

数秒して、ユウリ殿下がゆっくりと中央へ向かった。

黄色い声が女性陣から上がる。

「オクタヴィア嬢。この指輪を受け取ってほしい」

ユウリ殿下がオクタヴィア嬢を呼び、指輪を差し出した。

オクタヴィア嬢はみんなの予想通り、受け取り、この世で一番幸せです、という表情を作った。

大歓声が上がる。

あれが演技だと思うと空恐ろしいよ……。

「この場をお借りして、確かめたいことがございます」

オクタヴィア嬢がめずらしく声を上げ、おもむろに手首の上まであるレースグローブの片方を外し、私の前に来ると、優雅に投げつけた。

レースグローブは私の胸に当たり、ぽとりと下に落ちた。

「決闘を申し込みます。私が勝ったら、スバル殿下を解放しなさい」

あまりの出来事に開いた口が塞がらない。

決闘？　解放？

理解が追いつかない。

「リーシャ嬢がスバル殿下をパートナーにしていることに違和感を感じます。殿下はおそらく、何か弱みを握られているのかもしれません。それを確かめたいのです」

薔薇のヴァルキュリアと呼ばれるオクタヴィア嬢が背筋を伸ばして言うと、公明正大で正義感にあふれた女性に見えてくる。

ダンスホールにいる全員が一気に彼女の空気に飲まれるのがわかった。

「リーシャ嬢。代理人を立てますか？」

オクタヴィア嬢が近づいてくる。

「……」

ど、どうしよう。いきなり決闘とか言われても。

「手袋があたってしまったからにはやるしかない。私がやろう」

隣にいるスバルが耳元でささやく。

『儂に代われ。やってやる』

　黙って見守ってくれていたノブナガが、頼もしく言ってくれた。

　こういうときは、ノブナガにまかせるのが正解だ。

「……平気。何かあったら、お願いします」

　スバルに断りを入れて、意識をノブナガへ譲渡するイメージで操作すると、ふっと身体の感覚が遮断された。入れ替わり成功だ。

「やはり自分で動くのが一番じゃな」

　ノブナガが両手を何度か開閉して、にやりとオクタヴィア嬢に笑いかけた。

「代理人は立てん！」

　ホールに響き渡る大音声に、全員が驚く。

「その代わり、儂が勝ったら今まで行われてきた悪質ないたずらは、すべてリーシャがやったことではないと認めろ」

　口調が変わったことに、ほぼ全員が驚いている。

　オクタヴィア嬢は「これが噂の」とつぶやいている。

「どうした？　やるか？」

「いいでしょう」

オクタヴィア嬢のせいで、決闘することになってしまった。

○

急遽、木刀が二本配られ、一本取ったほうの勝ちというルールになった。

告白の時間に決闘騒ぎになることは極稀にあるらしい。

主に、一人の令嬢を子息が取り合う場合だ。

オクタヴィア嬢は優雅に木刀を持つと、私に近づいてきて、こっそり耳打ちした。

「ごめんなさい。わたくし、人の物がほしくなってしまうの。スバル殿下はいただくわ」

それだけ言って、彼女はこちらから距離を取る。

この人、とんでもない性格だ……。

「奇遇じゃな。儂もじゃ」

こっちにもひどい性格の人がいた……。

「あほう皇子はいらんが」

余計な一言も健在だよ……。

オクタヴィア嬢が薔薇のヴァルキュリアと呼ばれるゆえんは、皇国騎士流の免許皆伝の腕前だからだ。十代の女性で免許皆伝まで至ったのは初めてだそうだ。

ノブナガはオクタヴィア嬢と五メートルほど離れて対峙した。

審判は学院長が行う。

大丈夫なの、ノブナガ？

あまり剣は得意じゃないんでしょう？

「抜かせ。実戦は得意じゃ。それに、例のアレを使う」

え？　ここで？　本気？

でも、絶対にみんな認めてくれないよ。

「万が一を考えて仕込んでおいたのじゃ。使わないでどうする」

私の言い分には答えず、ノブナガは木刀をベルトに挿し、ドレスのスカート部分を持ち上げて足に結んでいた赤いリボンを外し、いつものポニーテールスタイルになった。

それからヒールを脱いで裸足になり、左手でドレスのスカート部分を例のアレが出しやすいように膝上まで引っ張り上げ、抜剣するような構えを取った。

「うつけね」

オクタヴィア嬢が木刀を正眼に構える。

素人目にもわかるけど、あれは剣術ができる人の構えだと思う。

決闘を観戦している全員もそう思っていそうだ。

ユウリ殿下、ビル、ポロミはオクタヴィア嬢が勝つと信じて疑わない目をしていた。

「では、五つ数えたら開始とする」

審判役の学院長がカウントを始める。

5――4――3――2――1――

ノブナガとオクタヴィア嬢が重心を下げる。

「ゼロ！」

合図と同時にオクタヴィア嬢が飛び込み、木刀を大上段から一気に振り下ろした。

ノブナガは太ももに仕込んでいた単発式の小型火縄銃を素早く取り出し、狙いを一瞬で決め、オクタヴィア嬢に向かって撃ち込む。

ダァン、という大きな音が鳴り、オクタヴィア嬢が木刀を取り落とした。

すぐさまノブナガは単発銃を捨て、オクタヴィア嬢の懐に滑り込んで、豪快なウワテ投げを決めた。

オクタヴィア嬢がダンスホールに投げ飛ばされる。

自重って言葉を知らないよね……。

ノブナガは腰の木刀を抜いて、彼女の首筋にぴたりとつけた。

「おぬしの負けじゃ」

電光石火の出来事に、ダンスホールがしんと静まり返る。

オクタヴィア嬢の木刀には銃痕がついていた。手は狙わずに木刀を狙ったのか。

ノブナガは銃も好きだから命中精度が高い。

単発式の小型火縄銃は特殊金属で火種が消えないようにしてある。ノブナガと二人で改良したかいがあったね。まさかここで使われるとは思わなかったけど……。

「卑怯よ！」

オクタヴィア嬢が突きつけられた木刀を振り払い、目を吊り上げた。

「どこが卑怯じゃ？　おもちゃを使うぐらいええじゃろ。それに決闘は決闘。剣以外使ってはダメという決まりでもあるのか？」

「はぐらかさないで！　もう一度勝負なさい！」

「おぬしは戦場で死んで、もう一度勝負しろと言うのか？　できんじゃろう。おぬしは負けたんじゃ。潔く認めよ。審判。儂の勝ちじゃぞ」

うのか？」

「決まりを作らなかったあやつが悪い。それに、戦で卑怯だからやり直しなどと言

ノブナガは審判を丸め込み、決闘騒ぎに勝利した。

改めて思うけど、この人とんでもないね……。

「それで、負けた場合はどうするんじゃったか？　ん？」

立ち上がったオクタヴィア嬢が奥歯を噛み締め、「リーシャ・オデッセイは悪質ないたずらはしていない」と絞り出すようにして言った。

「聞いたか者ども。儂は無実じゃ。よく覚えておけい」

ノブナガ、まったく効果がないよ。みんなこっちが悪役だっていう目で見てるよ。

ユウリ殿下、ビル、ポロミがオクタヴィア嬢を抱えるようにして引き下がっていく。

「皆の衆。そこな性悪――オクタヴィアが言っていた、スバルが儂に無理矢理連れて来られたという話じゃが、それが誤解だとここで証明しよう」

ノブナガが大きな声で宣言すると、ざわめきが止まった。

理解できないけど、なぜかノブナガが話すとみんなが声に耳を傾けるんだよね。

一種のカリスマみたいなものなんだろうか？　それとも声が大きいだけ？

ノブナガはスバルを円の中心へ呼び寄せる。

審判役の学院長も下がり、ぽっかりと空いたダンスホールの真ん中には私とスバルの二人だけになった。

「リーシャ。君は面白い女性だ」

スバルが楽しそうに笑う。

「まあな」

「それで、私は何をすればいい。協力しよう」

「そうじゃな。では、身体の力を抜け」

ノブナガが言うと、スバルが律儀に両手をだらりと下げた。

「では皆の衆。これからスバルと儂の仲を証明しよう」

ノブナガはそう言って、スバルのタキシードの襟をぐっとつかむと、強引に下へ引いた。

スバルの顔が私の眼の前に来る。

するとノブナガは躊躇せずに、スバルの唇に、自分の唇を合わせた。

は？　え？　ちょっ？　え……？

キスしてない……？

え、え、え、えええ？

えええええええええええええええええぇぇぇぇぇぇえっ⁉

ちょっと待って待って待って私のファーストキスがあぁぁあぁあぁっ！

ノブナガァァァァッ！

固唾を飲んで見ていた女性たちから、きゃあ～、という黄色い声が上がる。

至近距離にいるスバルは目を白黒させていたけど、数秒して私の腰に手を回し、積極的にキスを返してきた。

どどどどど、どゆことですかこれぇ⁉

ノブナガは唇を離して襟から手を引くと、にかりと笑ってこう言った。

「スバル、儂と結婚せい」

その言葉にスバルは嬉しそうに笑い、

「望むところだ」

とうなずいた。

ダンスホールに特大の歓声と拍手が鳴り響く。

ついでに楽団が待ってましたと言わんばかりに壮大なセレナーデを演奏し始める。
私は完全にキャパオーバーを起こし、頭が真っ白になった。

エピローグ　そして前を向く

卒業パーティーの後、スバルと王妃の間で一悶着があったけど、辺境伯令嬢である私との婚約を発表したら意外にも祝福してくれた。

スバルが皇都から離れて、辺境伯領へ移り住むからだ。

王妃からしてみれば、セルフ国内追放してくれた、ラッキー、と思っていることだろう。

辺境伯領は皇都からかなり距離があるから、皇都の権力争いにはほぼ参加不可能だ。

このままいけば、次の皇帝はユウリ殿下になり、スバルの皇位継承権は失効するらしい。

『失効する前に、光聖都へ上洛(じょうらく)して真の皇帝になるのじゃ。これが儂(わし)が描いた天下統一への大いなる道よ』

はっはっは、とノブナガが私の脳内で高笑いする。

どうやらノブナガは最初からスバルが皇族だと見抜いていたらしく、婚約するつもりだったらしい。第一皇子だとは思っていなかったようだけどね。

そして光聖都というのは、代々皇帝が戴冠式を行った都市であり、五十年前から神聖王国に領土を奪われたままになっている。

なので、今の皇国の皇帝は厳密に言うと、戴冠式を行っていない〝仮〟皇帝の状態だ。

確かにスバルが光聖都で戴冠式を行ったら、確実に正式な皇帝として受け入れられるだろうね。

いやもう壮大すぎるけど、割と実現可能っぽいところが恐ろしいよ……。

天下統一とかしないからね？

というか、人の許可も取らずにキスしたこと、本気で恨んでるから。

謎の第一皇子と辺境伯令嬢の壮大な恋愛歌が、吟遊詩人によって猛烈に拡散されてるんだって。老若男女に大人気だとか。もう考えただけでお腹が痛いんですが……。

『おぬしも喜んでいたではないか』

な、なにを言ってるんですかねぇ⁉　喜んでなんかいないよ！

『小娘が動揺しておる！』

ノブナガがからかうように爆笑する。

おっさんめ。無視しよう。うん。

「お嬢様、準備が整いました」

ヒラリばあやが馬車のドアを開ける。

学院生活も終わり、領地へ帰る時間になった。

「ありがとう。でも、途中までクロちゃんに乗っていいかな？」

「左様でございますか。かしこまりました」

ヒラリばあやがクロちゃんに乗った私を眩しそうに見つめ、恭しく一礼する。

馬車の御者席にいるランメィルも笑顔でうなずいた。

「辺境伯領か。楽しみだ」

私の隣で馬に乗っているスバルが、青い瞳を空へと向けた。

領地に帰ってやることは山ほどある。

オクタヴィア嬢には別れ際に「あなたの領地を潰すわ」とにこやかに宣言された。

天下統一はしないけど、領地は守らなければならない。

『そうじゃ。次期当主として前を向け、リーシャ』

ノブナガの心強い声に、私は手綱を操って、クロちゃんを走らせた。

キャラクターデザイン公開

キャラクターデザイン：春野薫久

キャラクターデザイン：春野薫久